〔美〕休·肯纳

——————

著

吕国庆 ——————

译

伊斯的声音

入学中国语言文学一流学科建设成果

中国出版集团

东方出版中心

U0596785

译　序

　　肯纳（Hugh Kenner，1923—2003）是第二次世界大战后成长起来的美国学院派批评家，与艾尔曼（Richard Ellmann）齐名。在中文语境中，和艾尔曼比起来，肯纳是相对陌生的。然而，他们两人不仅是同代人，年龄相差不到五岁，而且都是现代主义权威批评家，尤其在研究乔伊斯方面，成就卓著，被乔学家们推尊为乔学中的双峰。我们今天理解的乔伊斯及其著作都带着肯纳和艾尔曼的印记。

　　肯纳出生于加拿大安大略省彼得伯勒市，先后于1945年和1946年在多伦多大学获得学士学位和硕士学位。肯纳原以为，有了英文专业的硕士学位，他的学术未来便有了保障，因为当时多伦多大学英文系授予的最高学位就是文科硕士。硕士毕业后，肯纳结识了刚来多伦多大学执教的剑桥大学博士麦克卢汉。肯纳在与麦克卢汉的交往中打开

了眼界，称其为世界性的贤哲（universal sage）。麦克卢汉
认为，在战后的世界，如果没有博士学位，肯纳是不会有
学术未来的。1948年仲夏，麦克卢汉带着肯纳开车前往耶
鲁大学，拜访自己刚去那里执教的老朋友新批评派布鲁克
斯。他们到达纽约的时候，得知布鲁克斯不在纽黑文，三
天后才回去。在纽约的一家餐馆就餐时，一位萍水相逢的
食客告知他们，庞德可以接待访客了。于是，他们先去位
于华盛顿的圣伊丽莎白医院拜访了被囚禁的庞德。当时，
两人并不是庞德的拥趸，肯纳只熟悉现代主义作家中的乔
伊斯；麦克卢汉还是一个新批评派，信奉利维斯的判断，
把艾略特当作最伟大的现代主义诗人。

　　1948年6月4日，肯纳第一次见到庞德。此前，他对
庞德一无所知。他所就读的多伦多大学，英文课程截止到
华兹华斯去世的1850年，牛津大学也是如此。麦克卢汉在
剑桥大学获得博士学位，相对而言，更加熟悉现代主义作
家，他告知肯纳艾略特和庞德的重要性。就在1948年6月
的这一天，倾听了庞德两个小时的谈话后，肯纳知道自己
正置身于现代主义主导精神的近前。此后，肯纳一直推尊
庞德为自己的精神导师。

　　1948年秋天，肯纳到耶鲁大学师从布鲁克斯攻读博士
学位。当时，新批评派的技术方法还不足以解读庞德和乔
伊斯；这两位现代主义者在美国大学里第一代最卓越的读

者是肯纳，一个从多伦多闯入耶鲁的局外人，和半疯半痴的天才麦克卢汉亦师亦友。肯纳还在读硕士的时候，多伦多大学的校长，肯纳父亲的同学，对他寄予厚望，善意地提醒他说，你真的打算在乔伊斯的著作中浪费你的天赋吗？肯纳的回答固执而确定，但他必须去别处研读乔伊斯，因为当时多伦多的图书馆只藏有一本《尤利西斯》，借阅条件是要出示两封推荐信：一封来自医生；一封来自教士。肯纳无法得到医生的推荐信，就委托一位神父帮他私运了一本《尤利西斯》。肯纳博士论文的选题就是乔伊斯，最终以《詹姆斯·乔伊斯：进行中的批判》（*James Joyce: Critique in Progress*，1950）为标题获得耶鲁大学博士学位。这篇博士论文经过改写，更名为《都柏林的乔伊斯》（*Dublin's Joyce*），于1956年由印第安纳大学出版社出版。

　　肯纳是庞德教育的第三代人。庞德指教肯纳说，现代主义文学是指"精简的措辞被安放在自然的秩序中"。① 在庞德诗学的影响下，肯纳的现代主义研究向我们示范了如何阅读庞德和乔伊斯，还有贝克特，以及怎样鉴赏我们的阅读内容。肯纳经常引用庞德一句推重事实的句子：那边那只该死的松鼠就是那只该死的松鼠，并非别的什么东西。这是典型的希腊精神，即把万物按照它们实际所是的样子

---

① Hugh Kenner，*The Elsewhere Community*. Oxford & New York：Oxford University Press，2000，p. 36.

去理解。庞德与肯纳口头交流时，语言也是有结构的，要用完整的句子，主语和谓语都要说出来，有时甚至用复句。庞德盛赞福特·马多克斯·福特的小说，认为那是有结构的创造。庞德有为别人修改句子的癖好。他试图约简福特小说中的造句，结果他无法做到比福特的造句更经济。肯纳传承了庞德作风，盛赞有结构的文本，擅长从文本中精确地拎出事实，并从中发掘串连这些事实的秩序性结构。从事文学批评的伊始，肯纳就确信，艺术拥有一个智力结构，等待着智慧的读者批评家去揭示。①

庞德教诲肯纳说，拜访我们时代的伟大人物是你接受教育的义务。庞德给肯纳开列了一些健在的现代主义作家的名单和他们的住址，有艾略特、贝克特、刘易斯（Wyndham Lewis）、威廉斯（William Carlos Williams）、摩尔（Marianne Moore）、海明威、祖科夫斯基（Louis Zukofsky）等。这些伟大人物，除了当时身在古巴的海明威，肯纳一一拜访了，与他们结下了文学因缘，评估他们著作的文学价值，在他的实际经验中建立了与现代主义直接通联的教育系统。教育系统是肯纳关注的一个重要面向，他会说荷马教育了古希腊人，荷马仍然在教育我们。

1949 年，庞德凭借他的《比萨诗章》（*The Pisan*

---

① William H. Pritchard, "Hugh Kenner's Achievement", in *The Hudson Review*, Vol. 57, No. 3, 2004, p. 387.

Cantos）获得柏林根诗歌奖（Bollingen Prize For Poetry）。庞德一度政治不正确地牵连于排犹（anti-Semitism）和墨索里尼的法西斯主义，这使他的获奖迅速在美国酿成一场轩然大波。在给肯纳的信中，艾略特称这场风波所达到的程度"是文人遭受的恐怖"。① 时年 26 岁的肯纳被知识界对庞德一轮又一轮的围攻激怒了。肯纳说，如果没有别人站出来为诗人庞德说话，他决定为庞德一辩，反正自己名不见经传，没有什么好顾虑的。② 肯纳的这一决断使他彻底走上现代主义文学批评的道路，先后出版一系列现代主义论著，尤其是他的庞德和乔伊斯研究，包括《庞德的诗》（1951，1985）、《庞德时代》（1971）、《都柏林的乔伊斯》（1956，1987）、《乔伊斯的声音》（1978，2007）、《尤利西斯》（1980，1987）等，为肯纳奠定了现代主义权威批评家的地位。

1978 年，《乔伊斯的声音》出版的时候，它是"一个晚上可以读完的"系列丛书中的一本。但是，肯纳妙趣横生的句法、想象力丰富的隐喻、层叠涌现的洞见，以及他对乔伊斯各种创意的凝视，都给这个短小的文本增加了难度，

---

① Hugh Kenner, "Preface to the Boston Book Edition: Retrospect: 1985", *The Poetry of Ezra Pound*. Lincoln & London: University of Nebraska Press, 1985, p. 5.

② Hugh Kenner, "Preface to the Boston Book Edition: Retrospect: 1985", *The Poetry of Ezra Pound*, p. 6.

即使读过几遍，你也不会感到它已经被你穷尽了，而且常读常新。在这部书中，肯纳经由斯威夫特、狄更斯、福楼拜，向我们展示乔伊斯是怎样和为什么，一开始写作《尤利西斯》时讳莫如深地恪守自然主义的正典，而在写作进行了多年以后，这部鸿篇巨制却无法以这一风格煞尾。

肯纳认为，《奥德赛》中有两个叙述的声音：荷马的声音和缪斯的声音。与这两个声音相对照，乔伊斯在《尤利西斯》中设置了两个叙述者的声音：一个负责叙述外部世界，一个负责叙述人物的内心世界。通过细察第一叙述者与第二叙述者和人物之间的关系，肯纳雄辩且逻辑一贯地论析了《尤利西斯》中人物的话语特质，及这部小说繁复的文体变化，就像乔伊斯暗示的那样，模拟一个人物的尝试，就是叙述者把被模拟的对象当作角色来饰演，这样的形式观照将会促成一种新文体。叙述模式经过几个世纪的演化，似乎正在成就一个自然主义的完美典范。然而，乔伊斯就像他在《青年艺术家的画像》的扉页上所写的那样，把他的心智祭献给未知的艺术。十九世纪的爱尔兰，浪漫主义的文艺思潮被镂空了，还在传承英国奥古斯都时期的文学传统。肯纳断言，随着时间的推移，这一古典的、精巧的文体，确定性越来越被耗尽，最终转变成怀疑主义，使得表述脱卸了实质内容，只剩下文体。

科学主义的客观性诞生于十七世纪。在肯纳看来，当科学主义开始主导叙述标准的时候犯下了另一个错误，因为就在斯威夫特责令格列佛以客观性的准则叙述他的知觉经验的当口，他是在讽刺新野蛮主义。格列佛把他的叙述限定于一个观察者报告的信息。这些信息是根据观察者报告事件的次序被表述的。肯纳认为，格列佛这样郑重其事，其中暗含斯威夫特对经验主义的讥嘲。由此，经验主义者（empiric）这个词的古老含义"江湖医生"放在这个语境，就显得若合符节了。肯纳洞见了斯威夫特与格列佛玩的复杂游戏，其中一部分是使他成为一个经验主义的内科医生（physician）。格列佛的确不是在医疗技术的科班训练中学有所成，而是预先在外科医生（surgeon）那里做学徒，观察处理事情的方式。斯威夫特随后促使格列佛把经验主义的方法应用于他的知性生活的全部行为，从中，我们可以觉察到趣味盎然的荒诞（deliciously absurd）。《格列佛游记》中随处可见这一怪诞的处世之道。为了清楚地表述它，斯威夫特充分地运用了一种叙述方法，肯纳把它描述为：有着蚂蚁般的步态，在一粒粒经验的面包屑之间，往返奔忙，没有包罗其他的奢望。

依据对斯威夫特所做的精确观察，肯纳敏锐地洞见了乔伊斯因为身处有利的位置而能看穿文学形式传统的演变，即在浪漫主义缺席的背景下，十九世纪的爱尔兰，十七至十八世纪奥古斯都时期的文学传统日渐式微，其精巧和古典的风格最终发展为怀疑主义。就是借重怀疑主义，乔伊斯挣脱了自然主义的枷锁。不过，在肯纳看来，爱尔兰的怀疑主义是乔伊斯的另一个束缚。于是，乔伊斯又开始戏拟爱尔兰的怀疑主义，尤其在《尤利西斯》第十二章"库克洛普斯"中，把它当作酒吧间风趣的惯常套路来展示。爱尔兰人就像他们被乔伊斯表述的那样（谁会有不同意见?），是这样的怀疑主义者：凭借对一个进入房间的人的观念有一丝疑虑，他们立刻就开始窃笑。乔伊斯因为怀疑而戏拟，而后又戏拟怀疑，这在肯纳看来就是对怀疑主义传统的传承，因为自从古希腊的塞克斯都·恩皮里柯早于布鲁姆日 1 700 年例证了多种怀疑主义以来，怀疑主义的策略就没有发生变化，它们存在于把教条主义者推进无限后退（infinite regress）之中。

《乔伊斯的声音》是肯纳被广泛称引的两部乔学专著之一。这部著作极具穿透力地洞见了《尤利西斯》以自然主义开篇、以戏拟煞尾的文类结构。书中揭示了乔伊斯在《尤利西斯》的叙述肌理中扮演双重身份的方式。在这部专著中，肯纳为乔学贡献了一个核心概念："查尔斯舅舅原则"（Uncle Charles Principle）。这一原则要求：讲述给我们的事情只是观察者可能经验的，并且这些事情是按照观察者经验它们的次序被讲述的；此外，经验等同于诸感官不同官能报告的信息。肯纳创造性穿透叙述肌理的洞见，不但让读者借此从微观语境洞悉乔伊斯小说语言生成的结构特质，而且让读者看清《尤利西斯》所成就的叙述复杂性与叙述深度如何颠覆了传统的小说写作，由此在英文小说史中占据了至高无上的位置。

1979 年，第一届乔伊斯学术研讨会在瑞士的苏黎世召开。弗里茨·塞恩（Fritz Senn）当着与会人员亦庄亦谐地说，在座的恐怕还没有谁没有引用过肯纳；如果肯纳此时拿着一枚饼干罐向大家扔过去（就像《尤利西斯》十二章结尾，大公民拿着饼干罐扔向布鲁姆一样），它准能砸中一个准确无误引用过他的人。1984 年，在法兰克福召开的乔伊斯研讨会上，肯纳被授予托马斯·盖尔金质奖章（Thomas Gear Gold Medal），奖励他为乔学做出的卓越贡献。乔学家对肯纳的评价是："肯纳敏锐的文本分析、创造性洞见，以及博学，使得他的写作对乔学产生的重大影响长达 30 多年。"①

吕国庆

2022 年 12 月 18 日于西安郭杜镇

---

① A. Nicholas Fargnoli & Michael Patrick Gillespie, *Critical Companion to James Joyce: A Literary Reference to His Life and Work.* New York：Checkmark Books，2006，p. 306.

目　录

前　言

　　一位密苏里州的读者在信中问道："你的著作《本国构造的世界》（*A Homemade World*），在其中的第 155 页，你写道：'乔伊斯写作《尤利西斯》，是在自然主义中开篇，在戏拟中煞尾，对此，他比他的任何追随者都更加深刻地懂得，自然主义只能在戏拟中煞尾，并且有一项法则，就像管控《尤利西斯》中展现诸文体的隐秘法则一样，最后把海明威带向了自我戏拟，仿佛因为不懂得乔伊斯开启的历史，海明威注定要重复这一历史。'

　　"能有劳你简短地解释一下这个句子吗？……"[1]

　　我的回答应许了这本书。这本书的大部分内容源自纪

---

[1]　Hugh Kenner，*A Homemade World: the American Modernist Writers*. London：Marion Boyars，1977，p. 155. 在脚注条目中，除了加有原注字样，其余注释均为译者所加。

1

念 T. S. 艾略特的四场讲座，我将其命名为《客观性与客观性之后》（*Objectivity and After*）。1975 年 5 月，我在位于坎特伯雷市的肯特大学做了这四场讲座。肯特大学艾略特学院大礼堂的玻璃窗框定了一个远景，即坎特伯雷大教堂的塔楼。塔楼的近旁是教士礼拜堂，40 年前，《大教堂凶杀案》（*Murder in the Cathedral*，1935）的首演就是在这里排练的。既然《大教堂凶杀案》与我的讲座主题相关，那么被玻璃窗框定的塔楼视图也许为来访的演讲者提供了一个隐喻。艾略特也吸纳了这样意料之外的事实。当他在剧本中为教士礼拜堂的观众戏剧化贝克特之死时，观众所在的位置距离贝克特在坎特伯雷大教堂被杀死的位置不到 50 码。乔伊斯也一样对意料之外的事实情有独钟。他把《尤利西斯》中的第一个场景就设置在塔楼①的顶部，在都柏林生活的任何读者都应当知道怎样乘电车抵达那里。

在 1935 年那个特殊的场合下，一度作为经验和知识客体的理论家艾略特有充足的理由坚信，托马斯·贝克特（Thomas Becket）的殉道是真实的，同时，相关的狂热崇拜就是对它的确证。艾略特借重自己命名的神话方法，尝试着从《尤利西斯》那里作出扩展性的推导。《尤利西斯》（从出版到 1935 年，已经 12 年了）通过艾略特颇具影响力

---

① 是指位于沙湾（sandycove）的马泰罗（Martello）塔楼，在都柏林的东南方，距离市中心 7 英里。

的记述，使得确凿的事实与神话相对照。艾略特的策略值得关注。附有歌队的古希腊悲剧形式借着吉尔伯特·默里（Gilbert Murray）的翻译得以流行。艾略特借取了这一形式，大胆运用伯利克里时期悲剧中的最重要的通例，即坐在剧场中的每一个人都知道那不变的神话，知道必定发生的事件。艾略特脑子里很有可能想到的是《阿伽门农》。在那出戏中，主要人物阿伽门农从海外归来，置身于尖声说出对厄运的预感之中，展示给观众的是：观众知道他将被杀害。

古希腊观众没有见到被杀死的英雄，但是，艾略特的基督教戏剧甚至包含对殉道的仪式性重演。这本身就是对耶稣在髑髅地受难的重演。因此，坎特伯雷的观众看见了被杀死的托马斯。观众立即被告知自己见到的是什么。对此，观众并未预先知道。事情的原委是杀人者在舞台上站出来，通过解释告知给观众的；例如，采取的第一步措施是"要将教会的权利诉求（pretensions）置于国家福利的正当御领之下"，[1] 或者托马斯以殉道的方式决意赴死，安排了"神志不清的自杀"。[2]

这些总结契合有关贝克特凶杀案的各种可能的戏剧。

---

[1] T. S. Eliot, *Murder in the Cathedral*. New York：Harcourt，1935，p. 80. 参见托·斯·艾略特：《大教堂凶杀案》，李文俊译，上海：上海译文出版社，2020 年，第 59 页。

[2] T. S. Eliot, *Murder in the Cathedral*，p. 81. 参见托·斯·艾略特：《大教堂凶杀案》，第 60 页。

艾略特何以确信他自己的戏剧不会与其中任何一出戏剧相混淆，这是另外的主题；可以肯定的是，当艾略特把发生的事件置于我们面前时，他认为他所做的并不充分。就像《大教堂凶杀案》中的一个杀手提醒我们那样，我们都是目击证人。在剧场中，我们观看了发生的事件。然而，托马斯是否顺服上帝的意愿，或者他是否煞费苦心地自杀，这不是专注于剧场中的证据就能使我们有资格解决的问题。

人们应当学习纯粹地看或听，属意什么是证据与什么不是证据，这样做可以把僵化的心智从自我欺骗中解救出来。在英国，开始大量听到这样的金科玉律是大内战（1642—1651）不久以后的事。虽然剧场是看和听的场所，但是，这一金科玉律为舞台带来的征兆是威信与品质的迅速跌落。英国剧场是雄辩与慷慨陈词的场所，而它们越来越让人生疑了。在雄辩与慷慨陈词的场所取得威信的是一种文学艺术的新模式，最后被称作小说，在其中，故事被讲述的古老通例逐渐依从证据需要精心编列的一些新准则。19 世纪初叶，"客观性"（Objectivity）一词开始附属于这些准则。20 世纪初叶，长篇小说在文学文类中独领风骚（par excellence）已经 100 年了，此间，易卜生的狂热拥趸已经把剧场融入长篇小说的正典（canons）。这一切似乎在车轮上滚动起来，驶向也许是由萧伯纳掌管的一种新启蒙。叶芝把萧伯纳称为在幻象中见到的人格化的缝纫机，不过是一台持久微笑的缝纫机。

然而，就在新世纪行到四分之一旅程的当口，任何这样演化的逻辑都已轰然倒塌。詹姆斯·乔伊斯，据说是依从严苛记录细节的小说的最著名的拥护者，已经出版了《尤利西斯》。当时，这本书没有几个人能得到，更没有几个人能懂得，那些宣称可以满怀信心地谈论《尤利西斯》的人都解释说，它的细节是被某一神话（myth）赋予了秩序。某一神话——它就是客观性准则所要摒弃的谬见（myths）。更有甚者，1923 年 11 月，艾略特在《日晷》（Dial）上发文解释说，这一神话的运用具有科学发现的重要性，即客观性一度宣称的那一类借来的威信。艾略特自己撰写的《力士斯威尼》（Sweeney Agonistes），这个名称暗示神话的方法怎样期望闯入剧场。虽然他没有完成《斯威尼》，但是，十年后，他仰赖这一方法完成了《大教堂凶杀案》。

整个内情值得细心地查证。就在 20 世纪现代主义的伟大时代消退的当口，有一件事情开始高度明确了，即该世纪决定性的英文著作就是《尤利西斯》，它是继《失乐园》之后英文语境中第一部关键性著作。《尤利西斯》作为典范为《荒原》导夫先路；《荒原》结束了艾略特第一个诗学时期。《尤利西斯》引导庞德果断地对他 20 世纪 20 年代早期创作的《诗章》进行重新编列。受到庞德抵制，以及受到艾略特如我们所见的那样漠然置之的事实是：《尤利西斯》

开始讳莫如深地恪守自然主义正典，恪守客观性正典，由此，通过背弃读者而使他们陷入困惑，原因就是对《尤利西斯》的解释从未令人满意。《尤利西斯》文体的繁复——对此，我们将要弄清楚什么？如果我们能懂得似乎闯入并颠覆了乔伊斯鸿篇巨制的表象上文体的三反四覆，那我们就可以期待对有关小说、语言，以及理解自身的不可计数的其他材料有一个彻底的理解——对于这些材料，我们所擅长的是：直观认知要少于习惯得来的认知。我们也应该更好地懂得这个世纪的诗学革命：重新引导词语的能量，艾略特在其中扮演了功成名就的角色。

自始至终，我用到了弗里茨·塞恩（Fritz Senn）和布鲁克·托马斯（Brook Thomas）的谈话，以及艾德琳·格莱申（Adaline Glasheen）的书信。大卫·马歇尔（David Marshall）先生激发了关于笛福的一些句子。我受惠于亨利·勒涅里先生（Henry Regnery）。他准许我重新使用一篇随笔中的几段话，该文发表于《维瓦斯万岁！》（*ViveVivas!*）（1976），一部致敬埃利塞奥·维瓦斯（Eliseo Vivas）的纪念文集。我受惠于肯特大学艾略特学院院长 W. A. 怀特豪斯（Whitehouse）教授，他的好客让我在该校访问时受到礼遇。

巴尔的摩，1976

一、 客观性

　　理查德・奥丁顿（Richard Aldington）判定《尤利西斯》是混乱的，艾略特撰写《〈尤利西斯〉、秩序和神话》一文予以反驳，文中宣布了"神话的方法"（mythological method）。在断言《尤利西斯》是一个秩序化的结构时，艾略特审慎地拣选了他的根据。他专注于《尤利西斯》与荷马史诗的对照，这容许对秩序作出一个有条理的引证。至于任一读者在阅览《尤利西斯》及其文体的繁复时，什么会给他以特别的印象，这被艾略特忽略了。个中的缘由很可能是：无论艾略特，还是奥丁顿，他们的写作都不是为了能够阅览《尤利西斯》的读者，更不用说是为了试图精通《尤利西斯》的读者了；当时，无论在美国，还是在英国，《尤利西斯》都不能合法地得到。所有早期的讨论都具有这样古怪的属性：读者看不到书，却被要求臆断乔伊斯的书就是当时的大人物说其所是的样子。这样的争执与新古典主义吵嚷已经失传的希腊杰作的优点和方法有着古怪的相似性。如果我们只通过艾略特的论断来理解《尤利西斯》，就像我们仅通过古希腊亚历山大学派评论家的描述来理解某些希腊著作，我们应当在头脑里存有一个与乔伊斯所写的著作几乎浑然一体的范式。

艾略特描述的著作，通篇一定是用《都柏林人》的散文书写的。他告诉我们：《尤利西斯》的散文描摹了一幅"无意义、无秩序的宏大全景画"，迫切需要秩序的管控，以及接受"某个形状和某个意义"的管控。这些特质是作者在"当代与古代之间连续对照"的帮助下赋予的。因此，"取代叙述的方法"，作家们此刻开始自由地运用"神话的方法"。① 这一方法形成一个坐标，定格了客观主义者独具只眼，观察到当代的细情。

除去神话，一幅"无意义、无秩序的宏大全景画"将会展开描画现代社会无意义与无秩序状态的这些纸页。不言自明，这预示了非神话写作对知觉事实（perceived fact）的遵从，而"客观性"这个术语用来指称知觉事实似乎是相称的。虽然大内战不久以后，客观性就在英国成为一项

---

① 这一段所引用的内容均出自艾略特 1923 年 11 月发表在《日晷》上的文章。see T. S. Eliot，"Ulysses, Order and Myth"，in Robert Deming, ed.，*The Critical Heritage: James Joyce*，Vol. 1，1907 - 1927. London & New York：Routledge，1970，pp. 270 - 271.

知性目标（intellectual cause），但是，作为一种皇家协会的修辞，它没有立即接受这个命名。1803 年之前，《牛津英语词典》的编者们还没有发现这个词的存在。"经验主义"（empiricism）是一个谱系更加久远的词；它一度是一个贬义的，通常作为内科医生们使用的医学术语，他们不懂医学，仅会行使观察得来的见效的治疗手段。正好，勒末尔·格列佛（Lemuel Gulliver）就是一名内科医生（physician）的学徒。格列佛因精疲力竭而睡了 9 个小时，随后，他记述了他在利立浦特王国最初醒来的情状。对于受到客观或经验主义准则管控的叙述，我们不会找到比格列佛的记述更好的例证。

我们记得，就在格列佛睡觉的时候，王国里的一群小人正忙不迭地把他缚绑在地上，但这不是超凡的格列佛叙述这一状况的方式。他郑重其事地忠实于他的所察，忠实于他观察这一状况的次序。首先，他睁开了眼睛。

"刚好天亮。我想要起来，却动弹不得：因为在我碰巧仰面躺着的时候，我发现我的胳膊和大腿都被紧紧地绑着，两侧身子紧贴地面；我的头发又长又厚，也同样被拴缚在地上。"① 这就是我们已经开始学习把它认作自然的叙述次序：抬起肩膀的努力导致他发现他的胳膊不能移动了；他试

---

① 见斯威夫特：《格列佛游记》，张健译，北京：人民文学出版社，2019 年，第 6 页。译文根据英文语境稍作改动，下文不再注明。

图移动大腿，而它们也不能移动了；他试图抬起头来看看自己怎么了，并且直到那时，他才发现他的头发也被绑紧了。"我同样感到，有几根细绳横绑在身上，从腋窝到大腿。我只能朝上看；太阳开始热起来，阳光让我的眼睛很难受。我听到我周围人声混杂，可是，以我躺着的姿势，除了天空，我什么也看不见。过了一会儿，我感到有个活物在我左腿上挪动，越过我的前胸，轻轻地前行，几乎抵达我的下颌；当我的两眼尽我所能地朝下看时，我察觉，它原来是一个活人，身高不到六英寸，手里拿着箭，身背箭囊。"[①] 这是让人钦佩的自我管控：只有当挪动的某物行到格列佛被限定的视域的时候，它才变成六英寸的小人，句子中，没有一个子句僭越次序。

　　把这样的叙述归因客观或经验主义准则，这并非是我们太过别出心裁。斯威夫特让格列佛论断一或两处细节，尽管格列佛对它们先是提及，而后才是获知；格列佛已经看见一个利立浦特小人，他说能有四十多个"同类"的小人在他身上行进，而且在此处的句子中，他还添加了一个深思熟虑的短语"如我猜想的那样"；最后一个事实引起关注，就是木钉没有被提及，直到它们被观察到："终于，挣扎起来，想要挣脱。我幸运地挣断了绳索，扭出了把我左

---

① 见斯威夫特：《格列佛游记》，第 6 页。

臂紧缚在地上的木钉；我把左臂举到面前，这才弄清楚他们用来捆绑我的方法。"① 通过给出《格列佛游记》中的这些语境信息，斯威夫特让我们确信了这样的准则。

我们看得出动用这么多的词语是为了告知我们，格列佛在这里遵从了一项专门的准则，我们可以将它明确地表述为：讲述给我们的内容只是观察者应当经验的事情，并且这些事情是按照观察者经验它们的次序被讲述的。此外，经验等同于诸感官不同官能报告的信息。

这就是客观性：外部世界被构想为诉诸某人诸感官的信息序列；它是在不可逆转的时间进程中发生的。斯威夫特以这样的方式写作，似乎并非出于个人习惯，因为要传达一个机智的观点，他经常在适当的时候悬置客观性准则；不过，他让格列佛以这样的方式书写，并且尤为强调格列佛习惯性的郑重其事，并不凌越其上。

斯威夫特没有兴趣创造一种叙述正典；他感兴趣的是格列佛叙述的特殊癖好——只关注渐次呈露的证据。格列佛获取经验之前，他一无所知，而他的所知就是他所获取的少量经验。对于斯威夫特而言，这显然是新野蛮主义（new barbarism）的特征，即思维依附于物证的序列。当苏格拉底全面专注于道德问题的时候，他在哲学领域掀起了

---

① 见斯威夫特：《格列佛游记》，第 6 页。

一场革命。这场革命被新野蛮主义废止了。苏格拉底让哲学有了实用的功能：道德决定论是实用的，可以帮助我们过生活。与物证相关的各种发现根本不实用，它们所起的作用只是为了迎合无功利的好奇心（地球与太阳法定英里的距离：那能对谁有用处呢?），所以格列佛的思维是在忙乎那些没用的，和皇家协会的大师一样。当能说会道的众马挑战格列佛，让他去裁判一个人的哪些生活方式可以适用于众人的时候，格列佛对此无能为力，这就没有什么好奇怪的了。

经验主义者这个词的古老含义"江湖医生"在这里是切题的。斯威夫特与格列佛玩的复杂游戏，其中一部分是使他成为一个经验主义内科医生（physician）。格列佛不是在医疗技术的科班训练中学有所成，而是预先在外科医生（surgeon）那里做学徒，观察处理事情的方式。斯威夫特随后让格列佛把经验主义方法应用于他知性生活的全部行为，在一定程度上，我们会发觉其中的荒诞，而又趣味盎然。《格列佛游记》中随处可见这一怪诞的处世之道，为了清楚地表述它，斯威夫特充分地运用了一种叙述方法：有着蚂蚁般的步态，在一粒粒经验的面包屑之间，往返奔忙，没有包罗其他的奢望。

两个世纪以后，这样排布细节的方法才成为范式，指引被启蒙的叙述、生动的描写，以及一切圆熟文学，甚至诗体表述：在研读《荒原》草稿时，庞德强调了一个艾略特式的"未定之见"（perhaps），并在页面的空白边写道："你就是特瑞西阿斯，你若知道，你就无所不知，若不然，你就茫无所知。"那时，也就是1921年，被启蒙的作家确定了叙述者知识的界限，作家容许自己对那些界限了如指掌。这一方法分明接近了舞台演出，在那里，我们看见我们所能看见的，仅此而已。

久而久之，它就成了小说的规范方法。比如，它不是狄更斯的方法。通过戏剧性的朗读，狄更斯把他的小说生动地展现在专注的观众面前，就像狄更斯在观众面前扮演狄更斯——虚构的事件和苦难把激昂、易受影响的情感推向狂怒、剧痛、欢笑、痛苦、绝望——因此，在写字台前，狄更斯所做的事情如出一辙，就是让他自己置身于我们不得不分享的情感状态。观察《雾都孤儿》第二章，他所起的作用就是给每一个短语打上讥刺的印记：

> "求您，先生，我还要再添一些。"
> 大师傅是一个膘肥体壮的男人；但他脸色变得煞白。他神情错愕，盯视这个小叛乱分子好几秒，然后用手握紧铜锅来支撑自己的身子。那些帮手惊呆了；孩子们吓呆了。
> "什么！"大师傅终于有气无力地说。
> "求您，先生，"奥利弗回答说，"我还要添一些。"

　　大师傅用长柄杓照着奥利弗的脑袋给了一下；反剪住他的双臂，尖着嗓子大声喊教区执事。

　　当班博先生万分激动地冲进房间的时候，董事们正在严肃地举行秘密会议，他对那位坐在高椅子上的先生说：

　　"林姆金斯先生，请您原谅，先生！奥利弗·退斯特还要添一些。"

　　满屋的人为之一惊。每个人的脸上都显出惊慌失措的神态。

　　"还要添一些！"林姆金斯先生说，"镇静些，班博，如实回答我的问题。他在吃完按规定的饮食单分配给他的晚餐之后，另外还要添一些，我这样理解，对吗？"

　　"正是这样，先生。"班博回答说。

　　"那孩子将来准得被绞死。"那穿白坎肩的先生说，"我确信他将来会被绞死。"①

　　尽管事件和知觉印象的排布郑重其事地遵守了时间的先后顺序，不过，这样的写作远非客观的；它在不停地作判断。过后，我们可以记得奥利弗的所为，但是，当我们阅读的时候，我们主要意识到狄更斯在做什么：他的讥刺确保了读者不会错过教区执事和董事们冷漠的伪善，或者不

---

　　① 见狄更斯：《雾都孤儿》，黄雨石译，北京：人民文学出版社，2005年，第12—13页。译文根据英文语境稍作改动，下文不再注明。

会错过官僚主义疯狂的定罪，这是对自然法的践踏。他没有剩余的激情留作对奥利弗的悲悯，他就这样被董事们激怒了。如果后来我们把那个场景记成是被颤抖着的纤弱孤儿不屈服地举着他的碗主导的，那它也不是由狄更斯的写作呈现给我们注意力的场景，而是我们借助记忆中的例证构建的。

《雾都孤儿》写于 1838 年的英国。十四年后的法国，客观性已经卓有成效了，就像下文所叙述的那样：

"站起来。"教员说道。

他站起身；帽子掉下去了。全班开始哄笑。

他弯下腰，拾起了帽子。他的邻座一胳膊肘把它捅下去了；他又把它拾起来。

"丢开你的战盔吧。"教员风趣地说道。

学生中爆发出一阵笑声，可怜的孩子大窘特窘，不知道该把他的鸭舌帽拿在手里，还是把它放在地上，或是把它戴在头上。他又坐下，把它放在膝盖上。

"站起来，告诉我你叫什么名字。"教员继续说道。

新生叽里咕噜，说出了一个听不清楚的名字。

"再说一遍！"

能听到的音节，一样含糊不清，被全班的哗笑淹没了。

"大点声，"教员喊道，"大点声！"

这时，新生鼓足了勇气，张开不周正的大嘴，像喊什么人似的，扯开嗓子喊出："查包法芮。"①

一直等到查理·包法利后来清楚地说出自己的名字，读者才知道他姓甚名谁；福楼拜是在恪守格列佛原则（Gulliverian principle），叙述时间是顺时的，没有前瞻性的回环（forward loopings），并且一个目击者——查理的同学——将遵照他的观察序列讲述他的所察。因为这是一个目击者的记述，而记述奥利弗"还要再添一些"的不是目击者。如果这里面缺乏同情，那查理的同学不是狄更斯这个理由也弱于另一个理由，即没有一只客观的眼睛在教室里的大笨蛋身上辨别出一个口齿不清的浪漫主义者，此人的委身总有一天会把傻里傻气的爱玛奉为女神。这将留给读者慢慢去察觉；客观性不给提示（nudges）。

尽管如此，对待证据要细心。我们是通过小查理·包法利一个同学的眼睛见到他的。不多几页的后面，我们通过查理的眼睛见到卢欧小姐，她照常对发生在他身上的事情一无所知。我们可能注意到，处置好卢欧老爹的伤腿，查理和她一起吃早餐的时候，我们才知道她是卢欧小姐；大约半小时以后，她成了爱玛小姐，这暗示了，在他们一

---

① 见福楼拜：《包法利夫人》，李健吾译，北京：人民文学出版社，2003年，第4页。译文根据英文语境稍作改动，下文不再注明。

起用餐时，她主动提供了查理并没有问到的一处细节。如此看来，她这么一位年轻女士，主动说出了自己的名字。我们觉察出，查理对她的意识比他所能理解的还要多："房间冷凄凄的，她一边吃东西，一边轻轻地打着寒噤。这让她那丰腴的嘴唇微微地张开了。不说话的时候，她有咬嘴唇的习惯。"[1] 他注意到了。他再三探望，照看卢欧老爹的伤腿，随之，他的意识增强了。

她送他总是送到门廊的第一级台阶。他的马要是没有牵过来，她就待在那里。他们已经说过再见，彼此也就不再交谈；清新的风围着她，吹乱了她后颈处一小绺一小绺的头发，或掀起她臀上围裙的带子，它们仿佛长条形的小旗子，卷来卷去。[2]

所有这些在充溢着感官享受（sensuality）的片段中达到高潮。

有一回，时逢化冻，院子里树木的皮渗出水滴，房顶的雪在融化。她站在门槛上，然后，她离开去取她的遮阳伞，把它撑开了。遮阳伞是丝绸做的，颜色像鸽子的羽毛，

---

① 见福楼拜：《包法利夫人》，第13—14页。
② 见福楼拜：《包法利夫人》，第15页。

阳光穿过伞面，光线在她脸孔的白净皮肤上游动。正是天气不冷不热的时节，她在伞底下微笑，你能听见水点，一滴又一滴，打在绷紧的丝绸上。①[一]

"你能听见"意思是"查理听见了"；句子结构是非个性化的（impersonal），因为查理一贯的迟钝被他对爱玛、阳光、融雪和一把遮阳伞（一把遮阳伞！在那个土里土气的农场里撑开遮阳伞！）麻木的痴迷加倍强化了。由此看来，他几乎没有被当作一个有个性的人。后来，我们得知，爱玛的父亲由于财务上的原因才乐于接受这桩婚事，他足足用了四十九分钟来规劝爱玛。我们知道这个事实，因为查理在等待卢欧老爹发出信号的时候，不断查看他的表。我们有权推断，爱玛是踌躇良久后才同意这桩婚事的，因为她对丈夫有着更为华贵的想法。我们有权进一步推断，查理似乎对爱玛的想法没有作出任何的推断。"就这样，婚礼举行了，来了四十三位客人，坐席用了十六小时，第二天继续，接下来的几天，排面小了点。"②

这就是客观性，并且它布下几处陷阱。爱玛爱慕虚荣、傻里傻气，还任性，卷入一场又一场的私通，在想不出其他结局的时候，自杀了。我们不惯于深思，爱玛的痴迷有

①　见福楼拜：《包法利夫人》，第15页。
②　见福楼拜：《包法利夫人》，第21页。

多少是她咎由自取，还有多少要归咎于查理麻木的委身。查理被爱玛的鄙薄和第一个叙述者（他的同学）冷酷的客观性贬低了。

这一圈相对的事实困住的第一个牺牲者，就是皇家检控官欧内斯特·皮纳尔先生（Ernest Pinard）。1857 年，在控诉《包法利夫人》时，皮纳尔向法庭宣称，这本书不包含任何他所谓的"这个女人"的谴责。"书中没有一个人物谴责她。如果你在这本书中找到一个好人，甚或一个原则，凭借这个原则，奸妇要被诟病，那我就错了。"顾名思义，皇家检控官说的没错。"基督教道德观诟病现实主义文学，不是因为它描绘了激情——恨、复仇、爱（世界要靠它们存在，艺术必须描绘它们）——而是因为它描绘它们时，没有克制，没有限制。没有规则的艺术不再是艺术。它就像扔掉所有衣服的女人。"

法官被说服了，他的无罪宣判可以这样阐述："无罪因为无经验"。这个被审判的作者被他对技法过剩的激情引入歧途，犯下了过错："忘记了文学，就像艺术，如果它要成就好作品，这是文学创作的使命，它的形式和词语必须贞洁和纯粹。"

多重错觉——这是客观性艺术表达的实质：镜子叠加在照映一切显像（show）的镜子上面。但是，爱玛的罪理当得到澄清。福楼拜的审判有些怪异，就像《大教堂凶杀案》

最后的场景，当骑士们走上前来，力求说服我们，我们的所见根本不是精神上的启迪：或者是一个固执己见的教士，他的权利诉求实现了自身的目的，或者是一个自我差遣的殉道者，在错乱的狂喜中冲向凶杀者的刀剑。

不过，艺术有了显著的改进。1905 年，乔伊斯创作了《恩典》（*Grace*），这篇小说不会让皇家检控官感到任何的不安。感化汤姆·克南（Tom Kernan）的记述始于一桩非功利的善举——"当时，盥洗室里的两位绅士想把他扶起来：他完全失去了自理的能力"① ——这桩善举敞开的路径，从正能量教化的最高点，一直通向一场讲道，小说对此作了圆满而有助益的报道，和我们共享了传道人关于一个艰涩却切实的文本的阐发。在通向讲道的途中，小说讨论了宗教议题，借此，四位有德行的男人批驳了他们这位弟兄的过错，鼓励他洗心革面。尽管他们有时会被误导｛例如，诗人没有说"伟大的智者靠近疯癫"［*Dubliners*，131]，尽管诗人说了颇为类似的话②｝，但他们仍然乐于理解被陈述的主要观点，比如说，不可否认，有些教皇"确

---

① James Joyce, *Dubliners*. Oxford & New York：Oxford University Press，2000，p. 117. 本书凡是出现《都柏林人》的引文，后文只在文中注出页码。

② 见约翰·德莱顿《押沙龙与亚希多弗》（*Absalom and Ahithophel*），原文是："伟大的才子是疯癫的同盟。"（Great wits are sure to madness near allied.）

切地说……你懂得……并非无可非议"［*Dubliners*，131］，
但"让人惊奇的是，他们中间没有一个人以宗座权威（*ex cathedra*）布道时，讲过一个字的错谬教义"［*Dubliners*，
132］。

客观性是这篇小说的准则，它表述的序列忠实于一个
想象的观察者（读者）的经验，它的散文郑重其事地不偏
不党。关于克南夫人的虔诚，有一个反讽的句子——"她
的信心局限在她的厨房，可是，一旦情势所迫，她也可以
信仰女鬼（banshee）和圣灵"［*Dubliners*，123］——可以
作为例外来引证，不过，对于这篇小说的主干而言，克南
夫人只是一个边缘人物。

然而，《恩典》是《都柏林人》中一篇颠覆性的小说：
爱尔兰天主教的意见本该对这篇小说表现出敌意，而不是
针对"该死的"（bloody）一词和酒馆的命名大惊小怪。倘若
以无论什么方式被问及：这篇小说并非致敬恩典、神秘的做
工，那么通过留心它不动声色却随处可见的对市俗细节的眷
注，尤其对社会等级细微差别的眷注，开篇就是对"绅士"
一词的应用，我们可能会解开答案。第一个句子是从"两位
绅士"开始的；对于这个衣服上沾满污秽的男人，"一个酒保
说，他给这位绅士斟过一小杯朗姆酒"［*Dubliners*，117］。

"就他自己吗？"经理问道。

"不，先生。有两位绅士方才和他在一起。"［*Dubliners*，117］

　　他们不是盥洗室里的那两位绅士，而是两位已经溜掉的酒友，他们认为开溜是精明的；尽管如此，根据那一刻的通例，他们仍然是"绅士"。后来，经断定，"这位绅士摔下了楼梯"［*Dubliners*，119］，纵然污秽满身，他拥有绅士头衔的权利似乎和他拥有一顶丝帽不无关联。的确：

　　克南先生是一位老派的旅行推销员，信仰职业的荣耀。在城里，他要是不戴着一顶体面的丝帽，系一副绑腿，是绝不会让你见到的。蒙受这两样穿戴的恩典，他说，一个男人总能赢得赞许。［*Dubliners*，119 - 120］

　　这里的"恩典"一词，临近"信仰"（believed）一词，似乎是为了记录这些词通常的都柏林含义。对于汤姆·克南而言，他为了婚姻而接受的宗教招募的都是无知且自视甚高的神职人员：由此，就有了他朋友们在小说中段精心讲述的观点。这些观点包括：那些耶稣会士，"教派中最了不起的修会"，"投合上层阶级"；下星期四的静修就是"为了商务人士"，并且主持静修的耶稣会士传道人"像我们一样，都是属世界的人"；教宗里奥八世是"欧洲最有智慧的人之一"，实际上，他用拉丁文写了一首诗，"论照相术的发明" [*Dubliners*，127‒131]。就像应许的那样，耶稣会教堂挤满了绅士，"所有人衣着考究，秩序井然" [*Dubliners*，134]，并且这些绅士精心照料他们裤子的膝头处和帽子。他们之中有"范宁先生，负责登记选举事务和举荐市长人选"，还有"老迈克尔·格莱姆斯，名下有三间当铺"，他们所听的布道文是为指导"商务人士和专职人员" [*Dubliners*，135‒136] 这些实际上是属世界的人量身定制的。我们能理解这篇小说中的五人组对端庄合宜的热忱，其中一位是每况愈下的品茶师，一位是成就平平的杂货商，还有三位级别较低的公务员，一位公务员有一个醉鬼老婆，另一位靠着才智，过去的生活盛衰无常。

到目前为止，客观性似乎就是和事实一道做工。然而，在《恩典》最后几百个字中，我们就像在《尤利西斯》中可以随处清晰地察觉到那样，客观性是在和语言资源一道做工。这个结果不能错过。为我们呈现了雄辩的几页篇幅的对话之后，我们突然听不到传道人的声音了。表述用的是间接引语（*oratioobliqua*）：

他告诉他的听众，他晚间来这里不是为了让人惊骇，也没有过火的目的；不过是作为一个属世界的人在与同仁讲话。他来这里是为了与商务人士讲话，他会以商务的方

式对待他们。他说，如果他可以用隐喻，那他就是他们的
精神会计师……［*Dubliners*，136］

在这样极度枯冷的句子中，对于上帝神秘做工的方式，
任何相关的沉思都被摒弃了；这篇小说的风格就像都柏林
的教会，渐趋寒冷。我们突然想到，那寒冷的根源不是作
者，而是传道人，作者的文体技艺（contrivance）遵从了
传道人的技艺。

因为没有任何事物像客观性一样依靠语言和语言的仪
规，客观性应许规避花言巧语，让事实取得它们自我宣称
的结果。随着叙述的推进，我们才越来越清楚地意识到，
《恩典》起首一句就被一项语言技艺——精妙的矛盾修辞，
摹制了（shaped）："那时，有两位绅士在盥洗室里……"
［*Dubliners*，117］乔伊斯扣响了起首一句，方式就像在柜
台上掷一枚硬币；我们回应那声响；我们的感觉器官锁定
了。这个句子中真之又真的声响，证明就是铅的声响（ring
of lead）。①

---

① 发出铅的声响，证明硬币是假的，对应《恩典》中的假绅士。

二、 查尔斯舅舅原则

《死者》的第一个句子也发出了铅的声响，这对于跨语际的听觉而言，是很容易察觉的。（乔伊斯的家庭语言是意大利语，在写作《尤利西斯》期间，他的公共语言相继是：的里雅斯特方言、德语，还有法语。他通常在其他语言和英语之间维系平衡。）

门房的女儿莉莉，忙得简直脚不点地飞奔了。[*Dubliners*，138]

你可以从己所好，把它翻译成任何的异国语言。"简直"（Literally）？揣摩"简直"的意涵是对道（Word）的敬畏和阅读的开端。无论莉莉怎样简直（是莉莉吗?），她也不能简直脚不点地飞奔了。不过，就一个呆板的形体而言，她只是（果真吗?）*比喻地*（*figuratively*）脚不点地。形体是她的，而特殊用语（idiom）"简直"，它所表明的不是叙述者的所言（他是谁?），而是莉莉的所言："我简直脚不点地飞奔了。"果然，语段随后把前来参加聚会的衣着破旧的一干人等统统称作女士们、绅士们，这也一样是莉莉的特殊用语。乔伊斯施以巧计，具体说明了发生在这一场合对于优雅的权利诉求。他用极为精练的方式达成这个目标，展现门房的女儿（caretaker's daughter）（美国人的说法是"the janitor's daughter"），她扮演当晚大厅女佣的角色，在不便利的场所中间接待众多同时抵达的客人。"她刚把一位绅士领入一楼办公室后面的小餐具间，帮他脱下外套，大厅的门铃又气喘喘地响起来，她不得不一路小跑穿过空荡荡的走廊，请进另一位客人。她不需要同时伺候女士们，这对她是再好不过了。"［*Dubliners*，138］

由此看来，如其所是，第一个句子是从莉莉的视点被书写的，尽管它看上去像是客观化的叙述，但是，它被莉莉的特殊用语点染了个性化色彩。不是严厉的作者，而是莉莉，她习惯说出"简直"这个词，而当"比喻地"显出重要性的时候，作者对大厅前发生事件的记述，要少于他对莉莉主观记述的阐述。

这是有关乔伊斯方法的一般真相的小例子，即乔伊斯小说倾向于抹去间离的叙述者，尽管看上去有这样一个叙述者。

他的词语处于如此微妙的平衡中，就像一台灵敏仪器的元件，探测最临近的人物的引力场。《都柏林人》中一篇篇不事张扬的小说持续令读者着迷，其中一个原因就是叙述视点不引人注目地波动。伴随着斐然的文采，不动声色地刻画形象的错觉似乎很难捕获，直到我们查明一个人物对诸多事情的感知不惹眼地让位给另一个人物对它们的感知。这些短篇小说中有十二篇的语法是第三人称叙述的语法，透露了客观真实的欺骗性外观。措辞（diction）每每讲述了一个别样的故事。

浏览五十年前出版的《青年艺术家的画像》，温德汉姆·刘易斯（Wyndham Lewis）的目光被书中一个看上去有疏漏的措辞攫住了，他认为，这本书没有彻底地"打扫和收拾"（swept and tidied）：

因此，每天早晨，查尔斯舅舅郑重其事地涂油、梳理脑后的头发，把他的高顶帽子掸了掸戴上，然后就赶赴他的屋外之屋。

Every morning, therefore, uncle Charles repaired to his outhouse but not before he had creased and brushed scrupulously his back hair and brushed and put on his tall hat. [1]

---

[1] James Joyce, *A Portrait of the Artist as a Young Man*. Oxford & New York: Oxford University Press, 2000, p. 50. 本书凡是出现《青年艺术家的画像》的引文，后文只在文中注出页码。

　　刘易斯认为，乔伊斯写下赶赴（repaired）一词，这是他作文的玩忽职守。他说，"人们，*赶赴*某处，出现在最卑微的小说作品中"。他把乔伊斯形容为谨小慎微的文案家，为了不堕入陈词滥调，就依靠他无法持守始终的警觉。但是，通常乔伊斯式的警觉没有在这里衰退。就像"简直"一词大抵属于质朴无文的莉莉，"赶赴"一词也暗涵无处可见的引用痕迹。这个词属于查尔斯舅舅，他碰巧说出他当下的所为。查尔斯舅舅有着吐属高雅的教养，就像他仪式性地掸拂他的高顶帽；我们听到他用了"宜人"（salubrious）一词，也用了"宁神"（mollifying）一词。如果查尔斯舅舅完整地说出他的去处，也就是他美其名曰的屋外之屋（outhouse）[二]，那他就会说出"赶赴"那里。

　　他这样说，并不诉诸我们的听觉。准确地说，他个性化词汇中的一点印记伴随着我们对他的感知。他甚至不需要说出来，一个词就在那儿，就像一只蚊蚋在他身旁的空气中，让我们察觉到，同时，在同一知觉关注域那里，我们注意到他"郑重其事地"掸拂帽子的方式。这显然是小说中的新事物，通常不偏不倚的叙述词汇渗入了微云一抹的特殊用语。如果人物正在掌管叙述，那他就可以运用这些特殊用语了。在乔伊斯对这一手法林林总总的扩展中，我们找到一条关于《尤利西斯》繁复文体的线索；例如，《尤利西斯》第十三章"瑙西卡"的前半部分，除了是格蒂·麦克道维尔的自我和声音，还会是什么被卷入了叙述机器？"也许就是那本该到来的爱情，每每给她那柔和的脸孔添上一抹带着克制意味的紧张神采；这神采向她那美丽的双眼传送了一缕奇异的渴念之情，个中的魅力，是没有几个人能够抵御的。"［*Ulysses*，348/346］[①] 这些都是属于格蒂的词语，尽管这样的句子不是她讲述的。查尔斯舅舅在他称之为"他的凉亭"的屋外之屋，一口一口地吸烟斗，他是一个命名者，值得拥有以他命名的事物。因此，让我们来定名查尔斯舅舅原则（Uncle Charles Principle）：叙述的特殊用语不必属于叙述者。

查尔斯舅舅原则可以从措辞扩展为句法。句法与一套对亲缘关系的判断有关，并且这样的判断帮助确定作出判断的人。因此，乔伊斯式的句法可以照映一个人物的优先选择，我们不必把这个人物看作构造句子的人。关于格蒂·麦克道维尔的脸孔，一个句子枢纽位置的连接词——

在象牙一般的纯洁中，她那脸孔的蜡白几乎就是属灵的，纵然她那玫瑰花蕾般的嘴唇，是一张真正的丘比特的弓，希腊式的完美。

The waxen pallor of her face was almost spiritual in its

---

① 原注：本书中引用《尤利西斯》的内容，标出两个页码，前者指美国兰登书屋 1961 年版的页码，后者指英国企鹅 1969 年版的页码。

ivory-like purity though her rosebud mouth was a genuine
Cupid's bow，Greekly perfect. ［*Ulysses*，348/346］

——既不是"和"（and），用来聚集源自白与玫瑰花蕾的
印象，也不是"但"（but），以此分离它们的主张（圣人
的面容不能有罪人的嘴唇）；连接词是"纵然"（though），
并且它游移不定，就像格蒂近通近塞的心思，毕竟根据纯
正的鉴赏力，按照成规，象牙和玫瑰花蕾，以及属灵和肉
欲，也许相互不兼容——这个句子就不能被这样构造
出来。

乔伊斯文本的下一个句子例证了一个不同的对"纵然"
的应用：

她的两手就像纹理纤细的雪花石，手指尖削，白得仿
佛由柠檬汁和高级软膏美妆而成似的，纵然所谓她一向戴
着小山羊皮手套睡觉或者用牛奶浴足之说，也都不是真的。

Her hands were of finely veined alabaster with
tapering fingers and as white as lemon juice and queen of
ointments could make them though it was not true that she
used to wear kid gloves in bed or take a milk foot bath
either. ［*Ulysses*，348/346］

这一个"纵然"挡开了恶意的流言,个中虽然不无赌气的意味(注意"也"用在这里,适得其所),却是在笃定,她的美很大程度上就是来自造物主的恩赐。接下来,一个"和"字使那份笃定显得有些急切了,简直是任性妄为,甚至胆敢说出杂乱无章的话来:

这个特别的早晨,因为朔月初升,她剪了头发并且她那浓密、丛生的头发紧贴着她那漂亮的头部并且也修了指甲,星期四有财运。

She had cut it that very morning on account of the new moon and it nestled about her pretty head in a profusion of luxuriant clusters and pared her nails too, Thursday for wealth. [*Ulysses*,349/347]

第二个"并且"把"剪"和"修"急吼吼地连接起来——格蒂排演了规定时间的仪式,注意到月亮和星期四——这个"并且"在兴奋的急切中使得句法(被修的难道是头发?)挤作一团。

从后面几页开始,表现无秩序的杰作逐渐彰显了,格蒂冥想她本该有的财富(乘马车出行,风华绝代),只要她父亲挣脱酒精的魔爪:

一遍又一遍地，她对自己诉说，当她守着炉火的余烬在棕色的书房中沉思默想的时候，不点灯，因为她恨两个光源，或者时常整个钟点地出神凝视窗外的雨落在锈迹斑斑的铁桶上的时候，心想。

Over and over had she told herself that as she mused by the dying embers in a brown study without the lamp because she hated two lights or oftentimes gazing out of the window dreamily by the hour at the rain falling on the rusty bucket, thinking. [*Ulysses*, 354/352]

毋庸置疑，格蒂所想的一间棕色的书房，可能就是一间棕灰色的爱尔兰后屋，我们侧耳倾听最后的节律："雨落在……心想。"（the rain falling ... thinking）两个现代分词坚决要在对照中和鸣。思想随雨而生，这可能吗？思想的声音是与落在铁桶上的雨声叮咚、叮咚和鸣吗？也许是这样。更为确切的是，可以果断地用深思中的格蒂来替换表达句式，剔除雨和铁桶，这样，句子结束处就是句子的起点。以心想开头。以心想煞尾。

甚至，对于"瑙西卡"这一章而言，纵然我们举例的规模还不够——例如，如上分析忽略了格蒂的、"他的"，以及宾格"他的"不断变换的先行词，使得名词前的成分像一个大杂烩，这是她和摩莉·布鲁姆共享的——但是，这一分析依然不是误导性的概略。乔伊斯造句手法的语料库，规模不大。就像贝克特，他不是造句领域的埃菲尔（Eiffel）①或考尔德（Calder）②。单独一个词——"赶赴"；"宜人"——是他为了取得特征化效果而采用的通常手段。总体而言，他的句子足以融聚词语，并且当他自己并不笃信的时候，例如在早期草稿或感谢信中，优先考虑的事项夹缠在一起，使他的句子结构很无趣，而且杂糅得像格蒂的句子结构一样粗野无文。《斯蒂芬传》（*Stephen Hero*）中包含老迪达勒斯先生探讨易卜生的段落（第十九章），写得很糟糕，和一位大作家③留下的草稿一样；例如：

因为投合而吸引迟钝的头脑，并且因为虚假和危害而排拒太过认真的头脑，一个这样的比喻就是一个缺陷，归根结底，结果就是，所要讲述的也许不是冗长的事情，但对那个社会阶级哪怕作出至少一个字的妥协，这在文学领域和在别的领域一样，就永远四脚着地而匍匐了。④

---

① 法国土木工程师，因建造巴黎埃菲尔铁塔闻名于世。
② 美国雕塑家、画家，首创活动雕塑，代表作有《运动》《鲸》等。
③ 指下文的德莱塞，美国小说家，主要作品有《嘉莉妹妹》《美国悲剧》等。
④ James Joyce，*Stephen Hero*. New York：A New Directions Book，1963，p. 88.

德莱塞的写作从来没有比这更糟糕。乔伊斯只是不笃信他想要攻击他父亲会有多少乐趣。

兰登书屋版《尤利西斯》中重印了乔伊斯写给班奈特·瑟夫（Bennet Cerf）的一封信。信文内容也一样蹩脚：

这位勇敢的女人①冒着专业出版商不想去冒的风险，取走手稿并且把它交给印刷工。这些人是第戎非常严肃认真并且有理解力的法国印刷工，第戎是法国出版业的首府。事实上，我把极为重大的价值归属于要圆满并且尽快完成的这项工作。那时，我的视力还允许我亲自阅读那些校样并且由于著名的第戎印刷工达朗季埃先生的额外工作和仁慈，导致《尤利西斯》在手稿交付后很短时间内就问世了并且印制的第一本书于 1922 年 2 月 2 日我四十岁生日那天送达于我。

这封信看上去似乎是由一个说写流利的外国人从常用语手册中拼凑而成的。"法国出版业的首府"听起来就像一个被误解的特殊用语。在第三个句子的起首，我们发现，"事实上"这个短语在排演一个完全空洞的姿态，并且最后一个句子向它的终点拙笨地行进，用"并且"领属的分句以及

———————————

① 指莎士比亚书店的老板，《尤利西斯》出版商西尔维娅·比奇（Sylvia Beach）。

"导致"这样不堪入目的成分来拖延时间。我们从这样的小事故中可以学到，当乔伊斯对他的角色不笃信的时候，词语在他的脑海里挤成一团，而全部的句法感知离他而去。句法是角色的功能：属于人物。

写小说时，乔伊斯扮演形形色色的人物，使风格的精确契合他正在扮演的人物的趣味。查尔斯舅舅原则牵涉对某人的书写要像某人自己选择被如此书写的那样。因此，这需要关于人物的知识，没有人通过"观察"就能获得这一知识，并且这一知识应用于人物，看上去似乎是人物穿在身上的戏服，因为它并不牵涉记录被说出的词语（我们听到格蒂·麦克道维尔只说出两个短句子）。

为了准备写作"瑙西卡"（1919 年 10 月—1920 年 2 月），乔伊斯扮演的角色就是他对玛莎·弗莱施曼（Martha Fleischmann）一段神思恍惚的迷恋（1918 年 12 月—1919 年 2 月）。玛莎一定认为，乔伊斯所痴迷的就是"瑙西卡"的开篇，为此，他正在学习扮演偷窥者与偷窥对象的双重角色。乔伊斯为了开始写作《尤利西斯》所做的准备，其中包括他学习扮演一位中年犹太人。在他的生活中，他的这一项举动是最为雄心勃勃的，因为它牵涉了在详尽的细节中展现人物，而他对人物的生活世界没有实际的知识，并且从开始写作这本书算起，已经过去一年多了，他才宣称完成了一章。

他需要用心定夺他的男主角所谓何人：都柏林的犹太人。布鲁姆需要一个名字、一个年龄、一个出生地；他需要一个家族史，时间至少要久远到他对此能有一个模糊意识，这意味着要追溯到他的祖父一代；他需要各种经验、各种趣味、各种观念；他需要各种做派和各种习惯，精神的和肉体的；他需要为自己界定他与犹太传统的关系，尽管他不能遗忘这一传统，但是，对它，他从未有过整体的设想，并试图将它摒弃。乔伊斯在的里雅斯特犹太朋友们的帮助下，所有这一切获得了合乎情理的解决办法：总是以自己熟知的底层爱尔兰天主教环境为题材，塑造的人物或以自己为典型，或与自己如此相像，以至于他可能成为那些与自己有着不同命运的人，对于这样的作家而言，这是一个重大的壮举。

然而，布鲁姆不是一个被熟知的"事例"：都柏林的犹太人。这是因为乔伊斯通过扮演布鲁姆而塑造了他，就像他通过扮演而塑造所有人物一样。他找到了合宜的角色。尽管都柏林的犹太人似乎并不属于他的都柏林经验，但是，因为腻烦、弱视，以及独立的思想使他从他父亲想要他加入的喧闹环境中游离出来，又因为贫穷、天主教，以及疏于交际使他从盎格鲁-爱尔兰环境中游离出来，叶芝在其中声名大噪，就是这样一贯孤雁出群的古怪人的感知，让他能够把布鲁姆各个重要的方面构想出来。布鲁姆持有乔伊斯关于都柏林各种主题的大部分观点：关于爱尔兰民族主义，关于酗酒，关于文学的野心，关于死和复活，关于婚姻，关于德性的等级。

温德汉姆·刘易斯也是故意持不同意见者中最有帮助的，他在布鲁姆身上直接看到作者将自己乔装成舞台上的犹太人；同时，这一评论蕴含了足够多的真实，凸显出什么是乔伊斯在创作初始阶段视为他首要的技法难题：防止布鲁姆成为自我的又一个版本，绝非是在一些附属方面，比如身高、肤色、年龄，以及种族传统，区别于其他"乔伊斯笔下的人物"。

风险加剧了，因为乔伊斯决定主要从内心世界展现布鲁姆。依据传统，小说的个体化细节是外在的，和属于自我的怪癖与做派相关的事件是展现给观察者的，一旦我们深入到行为表象的下面，这些怪癖和做派就消失不见了。伍尔夫夫人和多萝西·理查逊（Dorothy Richardson）展现朦胧意识的心思多么相像啊！——半透明的包膜，一层酷似另一层，"意识流"就是一团混沌未开的词语浪沫。

不过，外在化的极点是戏剧舞台，并且就在开始写作《尤利西斯》之前的几个月内，乔伊斯好像要预先防备外在化，还创作了一部三幕剧。关于戏剧，是有很多和正典相关的事情要说的，就像他需要让易卜生脱离他的系统，或者他需要以一种方式探讨不忠的主题，以此来宣泄他的情感和猜忌，这样，他就可以在小说中坦然地处理这一主题。有关不忠主题的讨论自行拖延了，是通过回避批评家所感知到的，也就是乔伊斯真正的、不讨喜的责任实现的：直言不讳地说，《流亡者》不是一出好戏。它不是；并且当他们宣称——许多爱开玩笑的人都这样宣称——将要用心阅读"《流亡者》剧本"的时候，他们的目的是在精确地使用只有在都柏林才会有的俏皮话。不过，"天才不会犯错"，而且乔伊斯正在酝酿一部新小说，他在《流亡者》的创作上投入几个月的时间是正确的。

乔伊斯需要写一部作品，无论什么，只要没有视点，没有叙述者。这部作品总体上是"客观的"。这部作品中唯一的视点就是旁观者的视点，作品由人物的对话和行动构成。当故事讲述者如此远离他的故事时，会发生什么？

当作家是乔伊斯时，所发生的就是不受他控制的事情；人物不能充分地展示自我。在斯蒂芬·迪达勒斯的帮助下，乔伊斯让我们信服，他占据了类似一个无处可见的位置，"脱身于存在，漠然以对，修剪着他的指甲"〔*Portrait*，181〕。但是，通过斯蒂芬自己的分析，那是剧作家的位置，《都柏林人》和《尤利西斯》都不是戏剧。在这两部小说中，视点在小说内部的某处。例如，如果我们没有注意到这个事实，我们看向伊芙琳的身后，这会导致严重的误读。只有戏剧，文本内部是没有视点的。看上去，叙述的内容就像是给演员准备的说明；看上去，描写的内容就像是为布景师（set-dresser）准备的说明。

《流亡者》第二幕，布景师要按照舞台说明为"罗伯特·汉德的小屋布置一个房间"，房间里有一架钢琴，一张大书桌，书桌旁边的几把装有软垫的椅子，一张小牌桌，一个书柜，一个餐具柜，一个立着的土耳其水烟筒，一个低矮的油炉，一把安乐椅，以及"四下里摆放的各式各样的椅子"。[①] 在那座老旧的阿比剧院（Abbey），舞台是不可能容纳这些摆设的。我们可以设想，那是一个拥挤的房间，这些附属物喜剧性地塞满了1912年的一个单身汉蒙福的乡村小屋。接下来，扮演罗伯特·汉德的演员拿到他的舞台说明。他要坐在钢琴旁，"在低音部轻轻"弹奏被详细说明的歌剧《唐豪瑟》（*Tannhäuser*）中的曲调。然后，他必须把手肘靠在键盘的边上陷入沉思。之后，"他站起来，从钢琴后面抽出一个气泵，在房间的四下里，一边走着，一边向空气中喷射香雾。他慢慢地吸了一口气，把气泵放回钢琴后面"。（这里暂停，设想一下，当演员"慢慢地吸了一口气"时，他一定留心地去呈现他的表情。）不仅如此。"他坐在桌子旁边的一把椅子上，仔细抚平他的头发，叹息一声，又叹息一声。然后，他两手插在裤兜里，身体向后

[①] James Joyce，*Poems and Exiles*. London：Penguin Books，1992，p. 182.

靠，伸直两腿，等着。"① 如果此时，观众不是不可救药地笑了，就能听到敲门声，还能听到他站起身喊"伯莎！"进门的却不是伯莎，而是伯莎的丈夫。

这是一出顶好的笑剧，第一幕中的一些对话也是如此：

理查德：他们说，你用一吻和他订下盟誓。你还把你的吊袜带送给他。允许我提到那件事吗？

贝雅特丽齐：态度有所保留，如果你认为它值得一提。②

不幸的是，《流亡者》拒绝成为一出笑剧；它想成为一出紧张热烈的理念剧。戏剧好像比乔伊斯原初设想的更加具有仪式性。就像莎士比亚心领神会的那样，如果不是执行笑剧的仪式或悲情的仪式，那它所诉诸的一定是将笑剧和悲剧悬置起来的形式语言的仪式。克莉奥佩特拉说，"在这雹阵之下丧生"，在她的精神升华（*O Altitudo!*）中，这预示着用冰雹隐喻过度的多情善感中蕴含了不朽。但是，乔伊斯让他的演员们相互交流的是质朴而得体的散文句式。

所以在《流亡者》中，乔伊斯尝试运用一种表现方式，

---

① James Joyce，*Poems and Exiles*，p. 182.
② James Joyce，*Poems and Exiles*，p. 123.

在其中，观众只能看和听。它似乎比需要做的事情少得多；尽管乔伊斯始终宣称他对这出戏有信心，但是，他此后从未再尝试类似的创作。这出戏保留了它的极端位置，乔伊斯能够估量朝向这一极端的类似创造物，并且在大部头的长篇小说中，当他要像剧作家一样向我们显示，他就能精确地判断，哪些细小的提示和变化为了确保他的表达效果是必要的，而剧作家对此是无法企及的。在这里，把罗伯特·汉德和他的喷香水的气泵作对照，是对另外一个单身汉的诱惑者的窥探：

桑顿水果鲜花店的金发少女给柳条筐里铺上窸窣作响的纤维。布莱泽斯·博伊兰递给她一个裹着粉色包装纸的瓶子和一个小罐子。

——先把这些放进去，好不好？他说。

——好的，先生，金发少女说，上面放水果。

——好嘞，就这么着，布莱泽斯·博伊兰说。

她把几个肥实的梨子，头尾相连，摆齐整了，并在它们当中放上几个熟透的、羞红了脸的桃子。

布莱泽斯·博伊兰穿着一双棕黄色皮鞋，在果香四溢的店里趷来趷去，拿起鲜嫩、多汁、带褶纹的水果，又拿起肥满、红润的西红柿，闻着气味。[*Ulysses*，227/226]

依照博伊兰的构想，他正在挑选的物品将会诱发摩莉·布鲁姆的情欲，并安排店家把它送到埃克尔斯街七号，时间比他抵达那里稍稍提前了些。计谋是容易识破的，自始至终，关于它的全部表述似乎都是非个性化的。然而，几处小细节确保了表述的个性化：博伊兰式的动词："金发少女给柳条筐里铺上（*beded*）窸窣作响的纤维"；博伊兰式的修饰语："她把几个肥实的（*fat*）梨子，头尾相连，摆齐整了，并在它们当中放上几个熟透的、羞红了脸的（*ripe shamefaced*）桃子。"博伊兰拿起的水果，鲜嫩、多汁、肥满、红润。许多个小时以后，布鲁姆回到他的厨房，他将在餐具柜里杂放的物品中见到"一个铺上纤维的椭圆形柳条筐，里面有一个泽西梨"，也会见到"威廉·基尔比公司出售的药用白葡萄酒，瓶子上裹着的珊瑚粉色包装纸已经剥掉了一半"［*Ulysses*，675/595］。这里又有一个"铺上"，并且在博伊兰另一个诱惑物的附近，还有一个博伊兰式的词语"剥掉"（disrobed）。正是因为这些细小的提示，我们学会了正确阅读所有事物的鲜明特征。

所以《尤利西斯》与它的喜剧性维度能够相映成趣，《流亡者》却不能。它持续借助措辞和节奏错综相连的标识来激发我们，让我们从心所欲，甚至可以在举行葬礼的过程中发笑。一段叙述的开篇：

神父从男孩提来的桶里取出一头是球形把手的棍子①，在棺木上甩了甩。然后，他走到棺木另一端，又甩了甩。然后，他走回来，把它放回桶里。你安息后的样子一如你安息前。一切都有规定的章程：他不得不照章行事。[*Ulysses*，104/105－106]

如上引文是无经验的视觉报告的信息，评论（"他不得不照章行事"）来自布鲁姆。这似乎是格列佛在向慧骃国描述一场爱尔兰葬礼。接下来，我们听到一句庄严祝祷文的韵律，对乔伊斯而言，一如既往，这是一个正面的价值：

——不叫我们遇见试探。

助祭用童高音尖声应答。我常常想，家里要有几个小男仆就更好了。大约不超过十五岁。再大了，当然……[*Ulysses*，104/106]

——布鲁姆对韵律没有作出反应，他作出反应的是从男童声音中产生的事实，并克制自己鲁莽地抛弃帮厨女佣（他不懂祈祷的意思是"不叫遇见试探"）。然后，他回想起一头是球形把手的棍子：

① 布鲁姆因为婚姻而改宗天主教，而他几乎不去天主教教堂，不知道神父从桶里取出的物件叫酒水器（aspergill）。

　　我猜想，那是圣水。把安眠从球形把手中甩出来。对这项工作，他一定感到腻烦了，在他们送来的所有遗体的上方甩动那物件。［*Ulysses*，104/106］

（真是像极了布鲁姆，对一个厌烦的工作者抱以同情！）

　　如果他能看见他是在谁的遗体上洒下圣水，也不会有妨害吧。现世的每一个日子，都送来一批新的：中年男人、老妇、儿童、死于分娩的妇女、留胡须的男子、秃顶的商人、两乳小得就像麻雀胸脯一样害痨病的姑娘。他一年到头为他们做了同样的祷告，并且在他们身上洒下圣水：安眠。现在轮到迪格纳姆了。［*Ulysses*，104/106］

在这里，有一件事情不易觉察地发生了。就当布鲁姆列举不同死者的时候，由此开始的内容成为叙述者的叙述："两乳小得就像麻雀胸脯一样害痨病的姑娘"似乎在韵律上太有形状了，不可能出自布鲁姆的意识。果然，时态从独白的现代时转变成了叙述的过去时："他一年到头为他们做了同样的祷告"……并且："安眠。现在轮到迪格纳姆了。"然后又是拉丁文，恰如其分：

　　——在天堂。

说是他正在去往天堂的路上或者已经在天堂了。对着每一具遗体都这样说。一份让人烦透了的工作。可是，他不得不说点什么。[*Ulysses*，104/106]

我们回到布鲁姆拙笨的喜剧，涉及也许是他不知所以的悲悯。为了补入"两乳小得就像麻雀胸脯一样害痨病的姑娘"，以及庄严的"现在轮到迪格纳姆了"和"在天堂"，卓越的技巧接管了不引人注目的瞬间。叙述的进展在自我克制中归向亵渎，这受到我们所知的布鲁姆在场这一事实的保护，因为自诩的玩世不恭来自作者，而自诩的通情达理来自布鲁姆。因此，在快速闪动的效果中，布鲁姆和叙述者互相协作。

经由布鲁姆的无经验，有关洒圣水的描述取得怪诞的效果。它又是作者的玩世不恭，因为书写棍子和桶的是一位斫轮老手，可以为任何事物拣选惬当的拉丁术语。如果我们想要一个有关这一喜剧的先例，那我们只需要追溯到利立浦特小人国，在那里，以相似的方式，格列佛口袋里东西的清单就是根据利立浦特人遵从他们的无经验所作的描述。他们竭尽全力用词语表达展现在他们面前的物品，例如："一个球状物，一半是银的，一半是某种透明的金属：在透明的一面，我们看到画出的一圈奇怪的数字，还以为我们可以摸到它们，直到我们发现我们的手指在透明物质的表面被挡住了。他让这件机器靠近我们的耳朵，它发出连续的噪声，跟水磨的噪声一样。"① 这件机器当然是格列佛的表。不知道事物的名称总是伴随着精练表达的丧失，并且导致描述的迂回曲折，这就促成了喜剧性。就像《流亡者》中叙述罗伯特·汉德的句子，用香水泵喷过房间以后，"他坐在桌子旁边的一把椅子上，仔细抚平他的头发，叹息一声，又叹息一声"：这样的描述比排演它显得更加古怪而滑稽，因为描述与行动不相干，就像利立浦特人与对格列佛的表的认知不相干，反过来，我们设想一下，一个演员知道他正在表现的是什么样的激情，同时我们等待观看它可能的样子。

没有认知的描述通常具有潜在的喜剧性。它与描述对象之间的关系是疏隔的。从局外人的位置进行描述，这是在演示某种阻碍，似乎是用迂回曲折的表达来替代直接指称对象的措词，比如表。在《尤利西斯》中，这样的描述是乔伊斯成就他精湛的语言技艺的一个根由，为此，他驱使自我取得了许多个小胜利。在平淡无奇的叙述肌理中，他需要传达一种错觉：所有的事物都被精确地命名；于是，布鲁姆的独白覆在事物的表面，就有了迂回曲折的喜剧肌理。因此，当送殡马车到达格拉斯奈文（Glasnevin）的时

---

① 见斯威夫特：《格列佛游记》，第17页。

候，我们遇到一个不引人注目的新词："轮辋（felly）剐蹭在路边石上，发出刺耳的声音（harshed）：停下来。""felly"是专有的，"harsh"是新奇的，读者对其中任何一个词不可能有专门的意识；在这部书中，这样的句子结构是通常的叙述机制的构成部分。它们用来引发布鲁姆式的闲言碎语，比如：

现在是棺木。尽管他死了，却比我们先到。马在我们四周打量，多毛的尾巴歪斜着。呆滞的眼睛：马轭紧箍在脖子上，压住的是一根血管还是什么。这些马匹知道它们每天运到这里的是什么吗？[*Ulysses*，101/103]

——又一次，局外人用思索殡葬承办人役马的想法和感受带出了喜剧性。布鲁姆的心思扇动翅膀，飞向事实，就像蛾子飞向玻璃灯盏：要不是因为他，叙述者让现象与文字相辅相成就轻而易举了。

乔伊斯应用这些精湛的小技艺，就这样熟练，就这样频繁，就这样通常限定于一两个精确的用词，我们完全注意不到他对小说通常写法的颠覆：叙述者的叙述机制引入了话语，指定了具体的地点，让事物和人物从一个地点到达另一个地点，在构成这一机制的一些小的片段中，蕴含的叙述语言尤其倾向于独出心裁，人物布鲁姆的用词倾向于平淡无奇和普通。这种古怪的效果使布鲁姆看起来像是一个伟大的喜剧性创造物，他的说话风格，简短、机智、捉摸不定。在我们和布鲁姆最初相遇的时刻，这一成规就确立了：

再来一片涂黄油的面包：三片，四片：正好。她不喜欢她的盘子满满的。他从托盘前面转过身来，提起炉架上的水壶，把它放在一旁的火上。水壶呆钝而矮胖，坐在那儿，壶嘴撅着。很快就能沏杯茶了。很好。嘴巴干。猫竖起尾巴，绕着一条桌腿，慢腾腾地走着。
　　——哞咳咯嗯嗷（Mkgnao）！
　　——噢，你在这呢，布鲁姆先生从炉火前面转过身来说。[*Ulysses*，55/57]

这是叙述机制让水壶"呆钝而矮胖"，让猫"竖起尾巴"走着，并且让它发出那一奇特的声音，我们本来的期待是一个标准的"喵"（Meow）。像"噢，你在这呢"和"再来一片涂黄油的面包"，这两处的语言是由布鲁姆述说的。因此，布鲁姆的意识在不断变化的现象之外徘徊，我们就此发现，叙述者借用这样熟知内情的称谓来统领这些现象，就像置身于利立浦特小人国的一个人，他拥有足够的知识，可以说出"表"。

凭借这一特别简明的策略，乔伊斯解决了我们在几页之前陈述的难题，这个难题就是：让布鲁姆的独白与他的自我叙述分离，由此与他的自我判断分离。在葬礼一章，这是需要细心处理的事务。在这一章，我们推测，乔伊斯与布鲁姆对正在发生的事件的价值评估趋向统一，尽管他们的知识有分野，即乔伊斯懂得仪式和拉丁文的意涵，而布鲁姆对此一无所知。然而，乔伊斯利用布鲁姆的无知，目的不是愚弄他，也不是激起像利立浦特人与巨型的嘀嗒机器斗争时，在知情的读者那里激起的那种微笑。乔伊斯拣选的拉丁祝祷文，唯一价值是它的节奏和声音的洪亮。因为向棺木洒水，所以乔伊斯强迫我们观看最终发生了什么。叙述肌理的差别显露出来，被凸显的并非知识上的差别。

通常，这一幽微的差别，存在于对事件的精心陈说或对表象的精心描述与当即知晓熟知内情的命名之间，由此，一个古怪的结论显露出来：事实上，内心独白的领域是外在的。这是一向作为局外人的特殊用语。"我以为，这一定是温热的一天。特别是穿着这身黑色的衣服，就感觉更加温热了。黑色是传导（conducts）热、反射（reflects）热，还是折射（refracts）热呢？"[*Ulysses*，57/59]布鲁姆置身这一主题的局外，摸索着它的球形把手①；他想不到"吸

---

① 在这个语境，球形把手喻指布鲁姆错乱地理解黑色与热之间的关系，呼应前文布鲁姆对洒水器无知的描述。

收"（absorbs）这个词。相似的事情也发生在他的抒情幻想中："渐趋暗淡的金色天空。一位母亲在她家门口观望。她用他们的秘密语言喊她的孩子们回家。高墙：墙那面被拨动的琴弦。夜空，月亮，紫罗兰色，摩莉新吊袜带的颜色。琴弦。听。一位少女在弹奏一件乐器，你叫它们什么来着：扬琴。我走过去。"［*Ulysses*，57/59］作者借助对"他们的秘密语言"这个短语的塑造，给予了某种不引人注目的帮助，不过，对摩莉新吊袜带和"你叫它们什么来着"扬琴的引证纯属布鲁姆。他甚至不熟悉有关遐想的特殊用语，不熟悉乔伊斯施与的援手。

这一时，乔伊斯扮演了双重角色：布鲁姆和叙述者。叙述者能够用一两个词精确地指称大多数的事物（他这样做，是在挑战措辞中大多数的通常准则）。叙述者提供了一个不引人注目的范式，我们估量出布鲁姆当下心思中的相同事物对这一范式的违抗。在这里，这部书诉求我们幽微的感知，比我们对措辞准则的关注更有效力：精练应当能实现，因为在某处，需要表达的每个事物，都对应地存在一个适当的词，就像亚当起的名字。伴随这一被昭示出来的常态，布鲁姆似乎是迂回曲折的，当他指称一个事物的时候，用词无节制。甚至他很多简短的想法，那一连串的句子——碎片，都是迂回曲折的。连他最精练的独白都是冗杂的。

我们现在可以留心与这部书进展速度相关的事情，它是由这部书的章节越来越长这个事实所带来的后果。随着书中的章节越来越长，布鲁姆可说的内容越来越少；阐述不是出自布鲁姆，而是出自叙述者的意识。因此，布鲁姆的风格没有真正地改变，他似乎成了一个讷口少言的人，之后，与周遭环境对照起来，他笨口拙舌的论断被衬托得就像金玉良言一样简明。由此，这些复杂的效果就像在第十二章"库克洛普斯"酒馆中达到的一样。在酒馆中，布鲁姆被诟病，因为他的滔滔不绝把在场的人烦得要死；同时，由于在场的叙述者也滔滔不绝，布鲁姆的讲话几乎听不见。布鲁姆在酒馆中的论断，有一个或许是他这一天所有论断中最愚蠢的，而它与周遭环境比照起来，似乎是一颗明智的珍珠："爱，布鲁姆说。我的意思是恨的对立面。"[*Ulysses*，333/331] 这一章的匿名叙述者热忱满腔，以骇人听闻的轻蔑姿态，侃述了五十页篇幅充满活力的特性化（idiosyncratic）语言；他是爱尔兰酒馆侃爷的典型代表，是读书人学会嫉羡的口语文化的精华；而布鲁姆给爱下的定义是最难忘的侃述。

所以我们现在发现了关于这部书后半部分文体繁复的线索：它们颠覆了以布鲁姆为核心人物的前面几章的规则——布鲁姆支吾其词，喋喋不休，叙述者的叙述简明而经济。到"库克洛普斯"为止——比这部书的中点稍稍提前——内容是由布鲁姆主导的，不是由叙述者主导的，我们找到了文体的精练。乔伊斯曾对弗兰克·勃金说，他想让布鲁姆在这一整天不断提升境界；的确，在后面章节的文体转变中，他让人听着好像和前苏格拉底哲学家一样简练。

让布鲁姆委身于把每件错事做好，使他看上去是正确的，为此，乔伊斯担荷了这项重负，它错综得无可比拟：要让多重的错误看上去也是正确的，而且对于这部极度考究的鸿篇巨制而言，要正确到前后协调。这带我们回到查尔斯舅舅原则，不管表象如何，它没有被摒弃。我们记得，查尔斯舅舅原则关涉把人物个性化的用词施用给人物。在《尤利西斯》后半部分的一章中，我们发现，布鲁姆是按照他自己选择的方式被书写的。结果是一个精心策划的文体灾难。

不过，布鲁姆配得上这一文体试验的礼遇。它发生在他最得意的时刻，在这漫长的一天，他一度被怠慢、被挫败、被戴绿帽、被忽视、被讥笑、被中伤、被欺骗，最后，他有资格感觉自己像一个男主角。因为他采取了一个又一个新举措，反抗一个醉酒的士兵，想方设法从群敌之中解救斯蒂芬，承担保护斯蒂芬安全的责任，他现在要让这一位真正的诗人哲学家跟着他一起回家。最后，他感觉自己像一部长篇小说中的男主角，对于乔伊斯而言，在一部又一部小说中，此时的布鲁姆是小说人物企求抵达的巅峰。他得到了奖赏。他被厚待了，整整一章按照他应当书写它的方式被书写了。语言庄重、华丽、丰富、迂回曲折。这一章被称作"欧迈奥斯"（Eumaeus）。

它从"采取别的行动之前"开始，这个开头是布鲁姆式的自我吹嘘（trumpet-flourish）。

采取别的行动之前，布鲁姆先生拂去斯蒂芬身上大量的刨花，并把帽子和梣木手杖递给他，并大体以正统撒玛利亚人的方式让他振作，这是斯蒂芬迫切需要的。[*Ulysses*，612-613/533]

作为这部书第三部分的开端，这里有"拂去"（brush），以及"刨花"（shaving）和振作（Buck），这三个词在这部书中的第一页规定了一个全然不同的场景。① （可以这样说）对拿着剃须刷（shaving-brush）处于幻觉状态的马立根可以置之不理，我们疑惑的是："以正统撒玛利亚人的方式。"（orthodox Samaritan fashion）不，一个人最好别这样说话，因为"正统"会把"犹太人"召唤到语境中，而犹太

---

① "brush""shaving"和"Buck"也出现在《尤利西斯》第一章第一页，意义与此处不同，相关的场景是：马立根早晨在马泰罗塔楼的圆顶执行他的刮脸仪式，在他的自我幻觉中，俨然是在主持弥撒。"Buck"是马立根的诨名。

人与"撒玛利亚人"是对立的。然而,"犹太人"这个词没有出现在这个语境? 呵,但(与布鲁姆先生的父亲的种族全然不同的)"撒玛利亚人"这个词把"犹太人"这个词带进这个语境。因此,出现的词与缺席的词的幽灵在争斗。

接下来,我们听到一个盼望,他们"兴许能偶然碰到形状为牛奶和苏打或矿泉水的饮料"[*Ulysses*,613/533],这在每一个读者那里,会招致一个幽灵的教师的抗议:饮料不是用来碰(hitting)的,而且,众所周知,液体没有形状;此外,借助对缺席的特殊用语的诉求,矿泉水就能成为饮料的形状吗?

很快,一辆马车进入了视野,我们观察到"布鲁姆先生绝不是一个专业的吹哨人",他尽力"发出一种口哨的声音来招呼那辆马车"[*Ulysses*,613/533]。这些词,半明半晦,把某个"专业的吹哨人"召唤到语境中(区别于业余的吹哨人),并且可以推测,"一种口哨的声音"不是主流的哨音。

一件奇事堆挤另一件奇事。在窘境(布鲁姆喜欢用的一个词)中,两人接下来"对这一事态(matter)装作如无其事,安步前行"[*Ulysses*,613/533 - 534](对事态的剖析多么圆通啊!)。随后,就像富有忍耐力的拉奥孔,布鲁姆立刻被诉说成因为"环境"而"受挫"(handicapped),如果我们相信字源学,布鲁姆周围的环境就是手在帽中

（hand in cap）。紧接着，他裤子后面纽扣的丢失也同样是因为环境。但是，他"透彻地"剖解了"事物的精神"（就像我们四处寻索精神化的"事物"），并且"英勇地"（毕竟是尤利西斯）"毫不在意"尴尬的境遇（要有光）。接下来，他们"漫步沿着在那儿等着的既无乘客也无车夫的那辆空车的旁边路过"（dandered along past by where the emptyvehicle was waiting without a fare or a jarvey）〔*Ulysses*，614/534〕；我们不知道是对重复的空（emptiness）感到更惊奇，还是对串在一起的"沿着在那儿的旁边路过"（along past by where）这一排幽灵般的句子结构感到更惊奇。

在"欧迈奥斯"中，比在《尤利西斯》任何别的章节中，我们都能更多地发现展示出来的《芬尼根觉醒》的原则，前景和中景挤满了词语的幽灵。如果我们随意打开《芬尼根觉醒》，和"欧迈奥斯"一样的句法随处可见。《尤利西斯》中，没有哪一章像"欧迈奥斯"一样给译者造成了不可克服的障碍。"漫步沿着在那儿的旁边路过……"（dandered along past by where...）！——法兰西民族委员会希望怎样翻译它是好呢？

这是属于布鲁姆的一章，他甚至梦想自己正在书写它："假定他要是写点不落俗套的东西（正如他对此已经做了全盘的打算那样），按照每栏一几尼的比率，比如说，《我在马车夫棚的经验》。"[*Ulysses*, 647/567] 我们可以确信，布鲁姆是要自己书写它，用的是被写过的写法，遵从 T. S. 艾略特在拜伦的措辞中识别出来的原则：

就像一个工匠，谈到他们的工作，或在大众酒吧里，他能讲一口漂亮的英文。他可以用一种死掉的语言吃力地写一封信，相当于一篇报纸上的社论，并且用"骚乱"（maelstrom）和"群情沸腾"（pandemonium）这样的词语来修饰：所以拜伦书写的是死掉的或正在死掉的语言。①

当布鲁姆在这一章成为言说的代表时——只在这一章——他的所言常会与这一章的叙述肌理形成连续性；他说，"类似的场景，即使不常见，偶尔也会碰到的"[*Ulysses*, 636/556]，并且"它被有识之士当作灰质的脑回解释了"[*Ulysses*, 633/554]。别人讲话符合现实；斯蒂芬说，这些事情"实在太爱尔兰了"[*Ulysses*, 623/543]，"别把我算在内"[*Ulysses*, 644/565]；喋喋不休的水手说，"在布里奇沃特，床铺上有虱子，和疯子一样确定无疑"[*Ulysses*, 631/551]。只有布鲁姆使用多音节词语：似乎他是那五十页篇幅

----

① T. S. Eliot, "Byron", in M. H. Abrams ed., *English Romantic Poets: Modern Essays in Criticism*. London, Oxford & New York: Oxford University Press, 1975, pp. 268 - 269.

的执笔者，可以为自己保留最具个人风格的字行（stylish lines）。

　　有评论说，"欧迈奥斯"充满了陈词滥调，所以是倦怠的。倦怠的，它不是。没有人——没有，哈佛①也没有——能写出这一章中三个连续的句子，无论他是疲惫的，还是警觉的。我们不仅要惊叹：是否有哪一章耗费了乔伊斯如此的劳苦，探寻表达失当（expressive infelicity）的深度，我们大多数人连构想它的才能都没有。我们有必要假定，如果布鲁姆能够从让他分心的事务中获得时间和自由，他就可以实行它。在这丰盛得让人敬畏的一章，人物口若悬河，这是乔伊斯向其写作手法的主音调的回归：高阶的查尔斯舅舅原则，以布鲁姆的文体向布鲁姆作出文体上的致敬，并且在多个方面，这是对它的英雄尤利西斯——荷马笔下人物的魁首——致以最深切的敬意。

---

　　①　影射在哈佛获得学士、硕士和博士学位的艾略特。

三、 神话与怀疑主义

没有几件事情和一个人公开演说的景观一样，能攫住乔伊斯的注意力。传教士、律师，或晚宴后的演说者，他们各自排演一种典范的公共行为，为他自己和他的听众共同面对的问题作出澄清，作出合乎逻辑的澄清。因此，"在阿雪岛幽暗、荒凉的房子里" [*Dubliners*，138]，那场乱纷纷的圣诞宴会临近结束的时候，也就是加百列·康罗伊 (Gabriel Conroy) 讲出他仪式化的词语"女士们，先生们"，如此这般让他一个陈词滥调紧接一个陈词滥调地跌入诠释的灾难之前，我们发现他将他那十根颤抖的手指按在桌布上，神经质地微笑。加百列私下以为，他的两位舅妈是无知的老女人，以及他演说的对象是一群庸俗的人。因此，他是在厚着脸皮堆砌套话。他说"本人才疏学浅" [*Dubliners*，159]，他说"请包涵我此举的意愿" [*Dubliners*，159]，他甚至说

"最后，但并非无关紧要"［*Dubliners*，161］。加百列远离现实，借用神话来注解这个夜晚，这就是乔伊斯后来教育我们排演注解的方法。① 加百列把他的两位姨妈和她们的侄女认定为都柏林音乐界的美惠三女神。｛他说的是什么？朱莉亚姨妈问道。"他说我们是美惠三女神，朱莉娅姨妈，玛丽·简回答说。"［*Dubliners*，161］｝他随后把自己卷入了一个被彻底忽视的混淆之中，即分不清美惠三女神与帕里斯评判故事里的三女神之间的区别；并在"弗莱迪·马林斯用他的布丁叉子打拍子的时候"［*Dubliners*，162］，他引领众人一起歌唱。这是我们已经学会去认定的一个绝对乔伊斯式的场合。

加百列为我们提供了两个神话，它们混杂在一起。即使不混杂，这两个神话中的任何一个都不能真正地契合这个语境。但是，在这部短篇小说的结尾，有一个神话是与之契合的，尽管它并不属于这部短篇小说的公共场合，加百列也没有理由想到它。这是一个有关俄耳甫斯的神话。加百列扮演了俄耳甫斯，像俄耳甫斯的失败一样失败了。他力图引领格丽塔离开死者之地，抵达一个特别的场所，他们在那里一起生活的时刻，"就像柔和的星火"［*Dubliners*，168］，但是，他犯下了俄耳甫斯回头一望的错

---

①　这是指乔伊斯于 1914—1921 年间创作的《尤利西斯》。

误｛"格丽塔，我猜想，你是爱上了这个叫迈克尔·富里的"［*Dubliners*，173］｝。因此，她睡去了，与死者推诚相见，而他透过冰冷的窗玻璃凝视窗外的雪。

这就是这样的场合易于出现在乔伊斯母国的缘由。人们故作姿态，人们扮演角色，人们使自身契合神话，敢于冒险做出注解。但是，他们意识里的神话是不正确的，那些注解既不是合乎逻辑的，也不是适用的。他们是前景姿态的装置的组成部分，轻而易举地与可利用的陈词滥调融为一体。陈词滥调异乎寻常地通融：瞬间的神话。伊芙琳坐在窗前，或多或少是无意识的，她是在扮演拉斐尔前派的女佣。穆尼夫人，经过深思熟虑，排练一个出离愤怒的母亲角色。斯蒂芬·迪达勒斯扮演放纵的大诗人，也扮演哈姆雷特｛他自我欣赏地评述说，"我哈姆雷特的帽子"［*Ulysses*，47/53］｝。利奥波德·布鲁姆不情愿地扮演古典笑剧中戴绿帽的男人，并且稍稍有一丝扮演莫扎特石雕客人的想法，这位石雕客人给荒唐的唐璜带来了报应。斯蒂芬不知道他是特勒马科斯，布鲁姆不知道他是尤利西斯。只有我们（受到书名的激发）知道这些事：他们的姿态是伟大的、原型姿态变动不居的复制品：他们不知情地讥嘲英雄史诗，也被它嘲弄。

在《都柏林人》中，乔伊斯的语言大体上是透明的。它是媒介，通过它，我们认识到发生的事件。这些事件，我们理解，而人物不理解。众所周知，《尤利西斯》最初被构想为属于《都柏林人》风格的另一部短篇小说，在乔伊斯把它当作长篇小说来写作的时候，他是以相对直接的方式着手这项工作的，一如既往地运用查尔斯舅舅原则，并添加了一项重要的新手法：内心独白，但是，这大体上——以后我们会看到一个限制——足够接近客观性，以至于不会使熟悉《青年艺术家的画像》的读者感到怯惧。

然而，到了被称作"塞壬"（Sirens）的第十一章，事情发生了变化，而且如此激进，作者最忠实的拥护者，埃兹拉·庞德，为此感到错愕。[三]（庞德写信给乔伊斯，问道：这些事件以"纯粹莫泊桑"的方式被讲述，它们真的会变得衰弱无力吗？）因为我们不再直接见到前景姿态，为的是也许越过它们，会见到荷马。现在，我们瞬间的认识归属语言的屏障，通过或越过这一屏障，一切便不容易见到了。

我们现在面对的是语言，就像我们在《都柏林人》中面对的是人物。铺陈的五十八个语言碎片是"塞壬"这一章的开篇。这些碎片是主题的索引？是序幕的架构？没有叙述的连续性，杂乱无章。随着这一章的展开，人物在前些章所做的很多事情开始由语言来做了：扮演角色，凸显姿态，在表达方式中自我歪曲，而这些表达方式有助于澄清正在发生的事件，相反，像加百列·康罗伊的演说，却是误导：把扞格不入引入文体合宜的古老信条。"塞壬""库克洛普斯""瑙西卡"，尤其是"太阳神之牛"：在这接连的四章中，只需进一步的细查（scrutiny），那可能被貌似可信地描述为是为了契合目标而创造性地对方法所进行的调整就成了煞费苦心的错误，可以说，它是都柏林带着曲解的美好意愿的一个方面。就像不同的都柏林人表达关于利奥波德·布鲁姆的看法——比如，这些都柏林人认为，共济会会员关照他，或他在金杯赛马会上大赚一笔——这些语言上的歪曲使这个沉默男人的现实显得错乱了，我们可以不按照常理思考它们。

在"塞壬"这一章，当布鲁姆等候《尤利西斯》中第一个高潮过去的时候，他的人性现实在很大程度上是沉默的：这个高潮是令他不快的时刻，此时，在埃克尔斯街七号，布莱泽斯·博伊兰和摩莉要在客厅一起唱歌，然后上床。关于这一事件，小说中接连有七章提到了：成就了布鲁姆作为被戴绿帽的角色，以及摩莉作为业余通奸者的角色。这一切发生在幕后，就像乔伊斯作品中大多数的"大"场景，或古希腊悲剧中的暴行。我们可以把《尤利西斯》与乔伊斯另一个幕后高潮（短篇小说《寄宿公寓》中，鲍勃·多兰面对穆尼夫人），在处理手法上进行有益的对比。

穆尼夫人的场景，我们让它在心目中形成视觉形象是没有难度的。我们懂得，她将要应付的场景结构；我们已经听到她列举她讲话的中心词："出离愤怒的母亲"；"滥用她的好客"；"只是利用波莉的年轻和幼稚"；"她女儿名誉的丧失"［Dubliners，48－49］。就像乔伊斯笔下人物所作的任何简要的演说，比如，就像加百列·康罗伊的晚宴演说，穆尼夫人的这一雄辩用于传达怪诞行为（grotesquerie）的主旨是不精确的。当然，精确不是主旨；主旨是演说要起作用。鲍勃·多兰要提出结婚。

当穆尼夫人在小说高潮阶段发表这一演说的时候，《寄宿公寓》的读者被羁绊在波莉那里。波莉的心思在别处，甚至可以说，它在任何地方。她享受着"隐秘的、亲切的回忆"，并且沉浸在"白日梦"［Dubliners，52］中。她既不在这儿——她的卧室，也不在那儿——穆尼夫人与多兰正在对峙的房间。虽然如此，我们读者却没有陷入困惑。我们懂得，当我们和波莉一道等候，当她的回忆逐渐让位给"对将来的盼望和愿景的时候"［Dubliners，52］，我们确切地懂得楼下正在发生的事件。当我们听到穆尼夫人抬高调门说出"下来，亲爱的，多兰先生有话对你说"［Dubliners，52］的时候，我们确定地懂得他将会说什么，确定地懂得他为什么这样。

现在，对照一下《尤利西斯》中幽会的时刻。任何事情都不是那么明确的。我们甚至会有一丝疑虑，博伊兰究竟有没有赴约｛"四点了。他忘了吗？也许是在耍花招。没有来：吊胃口"① ［*Ulysses*，266/265］｝。尽管我们和布鲁姆一起等候，就像我们在《寄宿公寓》中和波莉一起等候那样，但是，提供给我们的信息却不像描述波莉的简明的散文那样确切，她"把后颈靠在清凉的铁床架子上，沉浸在白日梦中"［*Dubliners*，52］。不，前景中的文体跳转正在进行中，显得错综复杂，而且不相宜；如果我们信任乔伊斯写作《尤利西斯》的纲要[四]，那么《尤利西斯》第十一章的散文就是不折不扣地力求以卡农形式的赋格构造而成的：似乎是为了娱乐我们，就在阿伽门农被杀死的时候，一名巫师企图要让卡珊德拉有超自然的预言能力，吸引了歌队的全部注意力。

文字的音乐被编入这一赋格，其中被拣选的元素都不是很恰当。钢琴被弹奏，无声的词语是："再见，亲爱的，再见。"［*Ulysses*，267/266］本·多拉德唱道："当恋爱让我魂不守舍的时候。"［*Ulysses*，270/268］拣选这几句高音部的歌词，显然是个错误，因为多拉德是低男中音。里奇·古尔丁用口哨吹道："现在，一切都失去了。"［*Ulysses*，272/271］这句歌词出自一部歌剧，讲述一位少女在梦游时

---

① 这几句是布鲁姆的内心独白，时间是下午四点，布鲁姆来到奥蒙德（Ormond）酒店就餐，见《尤利西斯》第十一章。

遇到了麻烦①，而我们可以从页面的错综复杂中解脱出来，在这一页，布鲁姆努力应用这一范例："她在睡梦中走向他。月光中的纯真。还是拦住她吧。勇敢。不知道自己的险境。叫名字。触摸水。轻快双轮马车辚辚行进。太迟了。她一心要去。这就是根由。女人。拦住海水倒还容易。是的：一切都失去了。"［*Ulysses*，272 - 273/271］这不是一个正确的范例，因为摩莉没有处于任何类型的昏睡状态。西蒙·迪达勒斯唱道："回来吧，汝，迷失的人。"［*Ulysses*，275/274］这句歌词出自歌剧《玛大》，我们被告知那是怎样的歌声：

> 穿过空气的寂静，歌声向他们传来，低沉的，不是雨，不是树叶的窸窣，不像弹拨的弦音，不像吹奏的笛音，或者不像"你叫它们什么"（whatdoyoucallthem）扬琴的声音，用词语触动他们宁静的听觉，触动他们各自想起过往生活的宁静的心灵。［*Ulysses*，273 - 74/272］

我们可以权衡一下这个句子：它令人钦佩地阐明了"塞壬"这一章错综复杂的不合宜（indecorum）。在对模仿的

---

① 这是指文琴佐·贝里尼的两幕歌剧《梦游者》。该剧女主人公阿米娜梦游时，误入伯爵卧室，她的未婚夫埃尔维诺以为她失身了，便唱道："现在，一切都失去了"，以表达自己痛苦的心情。

狂热中，这个句子使它正在言说的句法在一定程度上显得含混了（"他们各自想起过往生活的宁静的心灵"）。既然"低沉的，不是雨，不是树叶的窸窣，不像弹拨的弦音，不像吹奏的笛音"执行一项排除不可能引起注意的选项的仪式，那么这个句子依次言说的内容就是误导。它招引对它自身错综复杂的模仿的敬畏，给支吾其词的"你叫它们什么"——布鲁姆的词语，留出了位置。这个词来自布鲁姆早先见到扬琴时的意识，尽管我们确实没有猜想，我们正在阅读的这个句子是经由布鲁姆的意识被构造的。从未远离布鲁姆意识的是埃克尔斯街七号的前厅，他想象那里发生的事情，他被他的想象折磨：

敲门。她总是先照一照镜子，再去开门。客厅。是你呀？你好吗？我很好。那儿吗？什么？要不？ [*Ulysses*，274/273]

他愿意倾听酒吧间里的歌唱，因为歌唱既能转移他对那些悲伤事件的注意力，又以它的抒情招引他。这是一个悲悯而凄楚的画面。就在这些词语的万花筒光彩夺目的时刻，所有这一切是让我们知道被猜想的内容非常重要：这是一场表演，把所有的悲悯和凄楚祭献给声音的糟粕和叮当作响的音节。

随着《尤利西斯》情节的推进，这一原则益发显著了。它在一定程度上运用不恰当的语言来表述事件，扩展了都柏林自我概说的原则。这些概说是一个个不相宜的精湛技艺的片段，例如加百列正餐后的演说。《常春藤日，在委员会办公室》的结尾，那首关于"无冕之王"的诗歌是这样。这篇小说的结尾是通过重读姓氏帕内尔第一音节（Par*nell*）

位于都柏林的纪念英国皇家陆军军医
菲利普·克兰普顿爵士的喷泉雕像

来表示对帕内尔信徒的退避，尽管选民所说的帕内尔，重音是第二音节（*Parnell*）；《恩典》结尾的讲道是这样；《泥土》结尾马利亚唱的歌是这样，她唱错了，尽管没有人告诉她；我们说的是，《尤利西斯》三分之二内容中语言的合宜也是这样，坚持遮蔽事件和矛盾，它们只在我们的想象中被澄清。一个巨大的风格错误，在很大程度上是独出心裁的，比如菲利普·克兰普顿的半身雕像，斯蒂芬·迪达勒斯曾经问了一个有关它的美学问题（平和的头像从铜制的洋蓟中凸显而出；它是抒情的、史诗的，还是戏剧的?）——这是乔伊斯竭力展现的世界。

这个世界制造了对怀旧的狂热崇拜，但它在总体上缺乏历史意识。（"他是谁?" [*Ulysses*，92/93] 布鲁姆向克兰普顿求问一个坦诚的问题。）那些伟大的死者都是谁，就像他们的同代人一样生活在他们的世界里会是什么样子，都柏林人对此并不感到好奇。此时，所有要紧的是援引他们能带来论辩的功用，比如穆尼夫人援引受委屈的母亲的原型。对于都柏林人而言，如果事实是错的，这似乎也不要紧，就像乔伊斯笔下的人物交流有关凤凰公园的谋杀或帕内尔的事实，大部分内容都是错的。

乔伊斯自己缺乏对过去的任何情感（因为任何过去都比他父亲能够讨论的更加遥远），这是他的天才的最显著特性之一。尽管富含历史和神话的范例，《尤利西斯》却倾向于拒绝给予我们时间旅行的感觉。我们总是在 1904 年。乔伊斯与其他伟大的现代主义者的差别是显著的：庞德的才智是跨过某一狭窄的门槛进入消逝的时代——

> 船的龙骨溅起浪花，在神圣的大海上前行，并且
> 我们竖起桅杆让那艘黝黑的船航行
> 把羊群还有我们的身躯运送上船
>
> （庞德《诗章》）

——或者艾略特使伦敦隐入神话的空间：

> 人流涌过伦敦桥，这么多人
> 我原想死亡没有毁掉这么多人。
> 叹息声，短促而稀疏，吐露出来，
> 每个人的目光在他脚前固定了。
> 涌上山又涌下威廉王大街……
>
> （艾略特《荒原》）

上面引文的中间三行诗，伦敦是消隐的——没有别的词——移动的人群从某个无特点的地界涌出，它使聚集的人群成了象征：如此密集的同一性，这个地界，那个威廉王大街，又回到伦敦，神话与现实不做区隔，一切来得让人

震惊。

乔伊斯的写作没有这样的效果。《尤利西斯》中那一深思熟虑的时间旅行，即斯蒂芬对莎士比亚的伦敦的形象重现（evocation），把我们的注意力扣留在都柏林的国家图书馆，那里被讲述的是词语，以及借助迅速地对错觉起作用的方式进行论断来现场发掘（undercuts）词语：

> 那是六月中旬的一天，就在这一时刻，斯蒂芬说道，并迅速瞥了大家一眼，以此恳请他们的聆听。河畔剧场的旗子升起来了。萨克逊大熊在剧场旁边巴黎公园的熊圈里吼叫。和德雷克一起航海的水手们混在站票观众当中嚼着香肠。
>
> 地方色彩。把你知道的一切统统编进去。让他们成为同谋者。［*Ulysses*，188/188］

没有比"你叫它们什么扬琴"（whatdoyoucallthem dulcimers）这样的用词更能确定地使对过去的形象重现紧缩（deflate）了。一切都是词语，我们被提醒注意，所有的词语都是当下的。

这就是"太阳神之牛"一章中连续散文戏拟（parodies）的效果让读者如此迷惑的缘由。我们对这些戏拟的反应就像我们对"塞壬"一章中错综复杂的音乐的反应，它们阻碍我们弄清楚正在发生的事件。它们产生这一效果是因为我们被剥夺了它们可能在其他方面产生的效果，即对其他时代的形象重现。这不是抱怨乔伊斯没有庞德刻意模仿（pastiche）的技能，而是明确地断定他并不嫉羡这一技能。我们甚至能见到他在破坏他的戏拟^[五]，干扰这些戏拟可能使形象重现的任何倾向：一个乔伊斯青睐的手法是毁掉句子的节律，由此，句子没有了腔调，对自己的行进速度茫然无知，变成了陈言的堆垛。再则，一切都是词语，词语。整部书，也就是它一直持守的，就是被安排、被重新安排的词语。

就这样使表述碎裂，使材料与风格分离，使违背我们接受习惯的纯粹的文体放任得以强化，乔伊斯的这一作风是在拒绝他所生活的世纪中普遍流行的观念，即连续性（continuity）的观念。在连续性中，大行其道的浪漫主义学说展现了繁荣的景象；这样，通过背离一项被强加的遗产，即希腊和罗马的艺术风格，去靠近本地的艺术风格——盎格鲁-撒克逊歌谣，话语能够恢复强健有力的真实性。达尔文适时应务地使连续性成为生物学的主题；词源研究者使它成为语言学主题。伟大的集体劳作的结晶——《牛津英语词典》，是十九世纪的英国史诗，就像吉本《罗马帝国衰亡史》是十八世纪的英国史诗，以及《失乐园》是十七世纪的英国史诗一样，它把每个词当下的通行用法只当作我们时代的典型，就是与印欧语系无缝衔接的整个语言演化进程中的横截面。这样的研究体现了索绪尔给我们的教导，即对历时的沉迷，元素在时间的进程中排列，我们时代就是其中一个薄薄的切片。很容易把乔伊斯称作索绪尔意义上的反常规的——共时的卓越工匠：存在的一切只存在于当下，过去的真实仅仅是我们对它的想象。"共时的"有点太容易叙说了。我们需要知道历时的联合（alignment）是怎样发生的。

在某种程度上，这一联合的发生是因为把过去当作纯粹的他者是浪漫主义的发明，而浪漫主义思潮错过了爱尔兰。除非过去是他者，否则你就与构成连续性的要素无关，也与构成断续性（discontinuity）的要素无关：过去与当下是同一的，不过是身上的戏服改了款式。所以斯蒂芬让莎士比亚用口哨吹着 19 世纪爱尔兰歌谣《我丢下的姑娘》，步履艰难地走向伦敦［*Ulysses*，191/191］，并且断定"他那些露天演出的历史剧，以戏船为舞台，在马弗京（Mafeking）狂热的浪潮中张满风帆"［*Ulysses*，205/205］：无敌舰队，作为十七世纪戏剧的一个插曲，与布尔战争并置。乔伊斯以同样的方式告诉弗兰克·勃金（Frank Budgen），尤利西斯发明了坦克：是木马，还是钢铁巨无霸，没有关系。如果莎士比亚的时代，或尤利西斯的时代，看上去像他者，那是因为我们被戏服欺骗了；如果他俩的语言听上去像他者，那是因为我们被语言的表象诱导了，它不过是另外一款戏服。这样的看法，十八世纪的学生对此是熟悉的，在那个时代，贺拉斯与蒲柏先生之间的相似性比差异性看上去更加显著。那时，语源学告诉我们的，不是一个词假装的疏远，而是借助其他还没有被认作死掉的语言，它所断定的亲密关系。所以在三一学院图书馆，古代与现代杰出人物的半

"看上去就像爱尔兰人的"古希腊雄辩家德摩斯梯尼（Demosthenes）

身雕像看上去都像来自同一时代；尤其是狄摩西尼（Demosthenes）有着显著的爱尔兰人的容貌：你在外面的大街上会看到那样的脸孔。无论怎样地减弱，1900年的都柏林依然保存着与斯威夫特时代的都柏林的相通。1900年的都柏林被免除了最初的结构主义消除过度历史意识的任何责任，因为如果你生活在那里，你拥有的历史意识不会

比斯威夫特拥有的更多。

由此，乔伊斯式的命运虽有阻障，却从容不迫地被扭转了方向：从容得就像演员更换戏服。鲍勃·多兰因为在不公正的寄宿公寓被问责而难逃厄运；伊芙琳必须守候一段凄苦的生活，因为她遇见一个戴着水手帽扮演水手角色的男人。这种感受事情存在的方式是乔伊斯与莎士比亚共享的，是乔伊斯与令他最为着迷的诗人莎士比亚真正共同拥有的唯一特质，即意识到在世界中发生的事情就像它们在剧场中发生的一样，凭借的是演员更换行头和措辞：年轻人尝试各种角色，各种可供他们选择的角色；他们被困在他们尝试的最后一个角色里（《都柏林人》中通用的情节）。

因此，没有其他小说家对衣服如此专注。《尤利西斯》中的第二个句子告诉我们，纨绔子弟马立根身上穿的是什么衣服，并且让我们知道，他身穿黄色梳妆袍是在表演身穿十字裙的神父主持早晨的仪式。第三页，纨绔子弟称斯蒂芬是"他们之中最可爱的化装表演者"〔*Ulysses*，5/11〕；第四页，我们得知，斯蒂芬穿着马立根的靴子和裤子〔后来，斯蒂芬想象一个莎士比亚式的演员身披"宫廷里一位纨绔子弟丢弃的铠甲"〔*Ulysses*，188/188〕〕。当马立根翻找白天要穿的衣服时，他嘀咕道："上帝，什么样的人物就有什么样的穿着。我要戴上紫褐色手套，脚蹬绿色靴子。"〔*Ulysses*，17/23〕〔后来，我们听到他说出的"淡黄色的优雅"〔*Ulysses*，417/414〕。〉斯蒂芬戴着一顶"哈姆雷特式的帽子"。布鲁姆在夜镇经历了无数次戏服和特殊用语的更换：对乔伊斯而言，特殊用语就是戏服。

就像戏服的各个部件彼此协调，相邻的词语也是这样彼此协调的。如果我们追问，戏服是否与穿戴者相称，我们就会被提醒注意，穿戴者的精神特质是一个虚空，戏服给它补缀了一个协调的外观。如果我们追问，词语的合宜是否与它们指称对象的合宜是一致的，爱尔兰人的一般态度，将会是为了故意为难我们而去创造一个与词语相脱离的对象。布鲁姆，有一个布鲁姆吗？他是大街上的一声呼喊；一个印刷错误使他成了"L. 布姆"〔*Ulysses*，647/568〕。乔伊斯精心策划了这个印刷错误。一切都是表象，一切。尽管柏拉图式的真理是无实体的，但我们可以把它想象为实际存在的。乔伊斯不再彻底地与他对任何柏拉图式的真理的拒绝保持一致。你的身份就像你对它的所知，似乎是实际存在的："不过，灵魂，形式的形式，由于形式要不断变化，通过记忆，我就是我。"〔*Ulysses*，189/190〕可是，别人又怎么能知道呢？

和十八世纪除了证据怀疑一切比起来，这样的怀疑还包含更多的内容。150 年间，欧洲其他国家长久地经受着我们称其为浪漫主义思潮的体验，探求发展与演化相结合的隐喻。我们不是要想象，未受浪漫主义思潮影响的爱尔兰保存了奥古斯都时期确定的事情。不，确定性正在从这些确定的事情中泄露，愤世嫉俗的尖刻语言正在填充确定性被移除后而留下的虚空；在都柏林，詹姆斯·乔伊斯懂得，叶芝式的柏拉图主义尝试依托神话的十八世纪重新创造贵族气派的确信，而这一贵族气派的确信事实上已经被转化为近乎完善的怀疑主义：整个共同体对这一件事情达成共识，没有人实际地懂得他在谈论什么，因为除了谈论，没有什么是需要懂得的。

爱尔兰人就像乔伊斯表述他们的那样（谁会有不同意见？），是这样的怀疑主义者，凭借对一个在房间里刚刚谈起的观念有一丝疑虑，他们往往就开始窃笑。自从塞克斯都·恩皮里柯（Sextus Empiricus）早于布鲁姆日 1 700 年例证了多种怀疑主义以来，怀疑主义的策略就没有发生变化。它们存在于把教条主义者推进无限后退（infinite regress）之中。

——但是，你懂得一个民族是什么意思吗？约翰·威斯说。

——懂得，布鲁姆说。

——它是什么意思？约翰·威斯说。

——一个民族？布鲁姆说。一个民族是指同一群人生活在同一地方。

——天哪，那么，奈德笑着说，如果是这样的话，我就是一个民族了，因为我过去五年就生活在同一地方。

因此，当然每个人都嘲笑了布鲁姆，他试图收拾乱局，说道：

——或者也生活在不同地方。

——这涉及了我的情况，乔说。［*Ulysses*，331/329 - 330］

"因此，当然每个人都嘲笑了布鲁姆"：没有比一个人思考他懂得他正在讨论的是什么更可笑的了。

——它的悲剧在于，市民说，他们相信它。不幸的雅虎们（Yahoos）相信它。［*Ulysses*，329/327］

此时此刻，"他们"是英国人，他们所相信的与光荣的英国海军及文明相关。市民对这一观念发泄他的盛怒：

——你的意思是指他们的梅毒文明，市民说。和他们一道下地狱吧！愿那不中用的上帝的诅咒侧落在那些该死的厚耳朵婊子养的身上吧！音乐、艺术、文学，通通名不副实。他们现有的文明是从我们这里偷去的。舌头打结的私生子的鬼魂留下的杂种。

——欧洲家族，杰·杰说。

——他们不是欧洲人，市民说。我去过欧洲，见到了巴黎的凯文·伊根。除了在厕所，你根本看不到他们或他们语言的痕迹。

约翰·威斯说：

——许多盛开的鲜花，姹紫嫣红，生在无人见到的地方。

懂一点外语的莱内翰说：

——*鄙视英国人！背信弃义的英国！*① ［*Ulysses*，325/323］

就像大黄蜂，这些盛怒借助完好的客观性拣选它们的牺牲者。几分钟之后，话题转向法国人了。

——法国人！市民说，一帮长袖善舞的教师爷！你懂得那是什么吗？对于爱尔兰，他们不值一个发烫的屁。难道他们现在不是正在泰·佩的晚餐会上企图和背信弃义的不列颠签署友好协定吗？欧洲的祸根，他们一贯如此。

——*鄙视法国人*②，莱内翰抓着他的啤酒杯说。

——还有普鲁士王室和汉诺威王室那帮家伙，乔说，

---

① 原文是法语。
② 原文是法语。

从选帝侯乔治到那个日耳曼小伙子，以及那个死掉的自命不凡的老婊子，难道坐到咱们王位上吃香肠的私生子还不够多吗？[*Ulysses*，330/328 – 29]

以此类推，直到一件丢人现眼的轶事，有关维多利亚女王喝得烂醉，被扔在床上翻滚；以此类推，诸如此类。在巴尼·基尔南（Barney Kiernan）酒馆，一切政治话语，归根结底就是辱骂；如果我们借助把它评断为无知和偏执而漠然置之，那我们就错了，那不过是以更有教养的称谓来搪塞辱骂。始于合乎逻辑的哲学立场，终于辱骂，巴尼·基尔南酒馆的主顾们就这样排演他们的政治话语，而合乎逻辑的哲学立场在任何语境都没有确切地被表达出来，因为怀疑主义不承认它的教条：当各种陈述可以没有实质内容的时候，它们可以只拥有风格。而且，风格即人。打败一个人就是打败另一个人的方式。所以你不能和人们争论，好像证明他们是"错的"还有什么意义。（布鲁姆从没有比他争论的时候看上去更可笑了。）你可以举办一场修辞比赛，但那是印度式摔跤，与一场争论不是一回事。为了表达你要毁灭一些事物的真正有影响的政治观点，只要它存在于和你批判对象的某种象征性的关联之中，那它几乎就是无关紧要的。它将会成为一个表象，除此以外，没有什么是真实的。与玻璃碎裂、砖石建筑坍塌这样的颠覆性比起来，话语的热烈程度显得微不足道的时候，你就把自我限定在针对风格剖析的猛烈抨击之中。由此，形成了一个论断和个人评价的文明，在这里，一次又一次显现给我们的就是人们俯身于一篇作品，以此检验它的反响，或者检验倾听一段形式话语的人们更好地鉴赏它的比喻表达法，比如一首献给我们可爱的国家的赞歌，一封刽子手的求职信。"信仰"是一种状态，不幸的雅虎们在这一状态中被俘获了。超人，慧骃国人被诱惑去说话，不是倾向于信仰，而是要让评估付诸实践。他所评估的是表象和风格。

乔伊斯的读者能够轻易地发现布鲁姆风格上的贫瘠。布鲁姆突然看见一群鸟，他被一个诗意的瞬间造访了：

饥饿的海鸥饥饿至极
无生气地于水上展翅。

这就是诗人们的写作方式，声音相似。但是，莎士比亚不用韵：素体诗。它是流动的语言。思想。庄严。

哈姆雷特，我是你父亲的灵魂
被判在一段时间游行地上。[*Ulysses*，152/152]

我们迅速（难道不是吗？）识别出所用的手法：可以收

进福楼拜的庸见词典，以节奏连锁（concatenated）词语。为此，我们用微笑示意我们看出来了。然而，这不是我们对布鲁姆的见解的实质报以微笑；节奏有一个荣耀的历史，就像为意义找到一种表达的手法。我们不要忘记去比较斯蒂芬·迪达勒斯早先对同一主题的冥想，尽管斯蒂芬有着卓越的文学鉴赏力，他像被粘蝇纸粘在文学里，然而，他显然没有作出更加深入的分析：

貌似（mouth），稍似（south）。这个貌似毕竟就是稍似吧？或者，稍似就是貌似？一定有些关联。稍似，泡特（pout），奥特（out），绍特（shout），罩似（drouth）。节奏：两人穿着一样，外观一样，两对两。

·····················赐你安宁

······你喜悦的话语，我们细听

*趁烈风在这里暂停，且交谈半倾。*①

他看见她们，三个三个地，走过来的姑娘们，穿着绿色的、玫瑰色的、赤褐色的衣服，互相挽着，穿过昏暗的空气，*穿着淡紫色、紫红色的衣服，那和平的金色旗，金色的或是光亮的，使我的瞩目更加充满渴望。可是我看见什么呢，那些老年人，在暗夜中悔罪，拖着铅一样沉重的*

_____

① 此处与下一段的斜体内容出自但丁的《神曲》，译文参照了但丁：《神曲》，黄国彬译注，北京：外语教学与研究出版社，2009年。

脚步：貌似、稍似：土木（tomb）、乌木（womb）。
[*Ulysses*，138/139]

　　斯蒂芬引用但丁，没有引用莎士比亚，并且（在但丁的帮助下）他以姑娘们（girls）为韵字，让姑娘们与各种颜色（colors）押韵。这是更为圆熟的表演，有韵味，有形状。但是，"这个貌似毕竟就是稍似吧？"这样的问句，看上去很契合布鲁姆风格——如果布鲁姆的问题是可笑的，那么所有的问题都是可笑的①——关于对句（couplet），如同两个人穿着一样的衣服，如果这在斯蒂芬与布鲁姆之间凸显了一个布鲁姆日的视觉韵（eyerhyme），他们俩都穿着黑色的丧服，那么功劳不属于斯蒂芬，而属于作者，就像前文在布鲁姆的内心独白里引入"哈姆雷特，我是你父亲的灵魂"的，是作者，而不是布鲁姆。

　　不，这个貌似毕竟不是稍似，但是，有一个异乎寻常的界面，在那里，貌似与稍似是一致的。那就是诗人们的

————————

　　① 原注：布鲁姆的问题"海里的鱼会眩晕吗？"[*Ulysses*，379/376]现在有了科学的答案：
　　在海里眩晕的鱼
　　鱼在海里会眩晕如果
　　被卷入巨浪里超过
　　一定的时间。
　　——圣巴巴拉（加利福尼亚）*新闻报*（*News-Press*），1975 年，7 月6 日。

写作方式，相似的声音：指定且明确那些虚无而不容置疑的相似性，在这个层面下的任何追问，对于我们都是徒劳无益的。一个怀疑主义者对《神曲》的描述会关注大量相似性相互锁合的明细，最为显著的就是其中相互锁合的声音；同时，无论但丁诗中别的内容是什么，怀疑主义者的描述会仔细观察《神曲》对三位一体的词的大量引证：可以这样说，意大利语词典被重新编排就是为了显示三重韵（triple rhyme）的信息源。

从所有诗歌的史前史开始，这一对结构主义语言学描述的戏拟解开了在诗歌中显露出来的一切，包括将这样的特质赋予三位一体的三一论（Trinitarian theory）的历史。通过祛除历史，你的自我被限定在当下的瞬间，就拿 1904 年 6 月 16 日而言，这样，你就创造出那一类奇异的效果。当格列佛向慧骃描述英国法院时，同时慧骃选定他表述的证据，即法院的存在就是为了迫害倒霉蛋，此时，如果不唤起历史，就没有办法回答：解释法律的意图是什么；断定法律的意图的确存在，尽管在实践中，事情会出差错。但是，斯威夫特已经在玩怀疑主义者的游戏了；他精心策划了被唤起的历史是绝无可能的，主要由于格列佛对历史一无所知。因此，慧骃的问题得不到回答。与此相似，赋予意义给但丁的三位一体也绝无可能，除非求助于你从你的袖子里取出来的思想史，因为但丁的诗（此地，此时）里面不包含思想史。《尤利西斯》充满主题与轮廓结构上的诸多类比，给它们赋予意义也同样是绝无可能的，除非通过引证《尤利西斯》不包含的内容：这部书中任何人物的心智中都没有思想史。

我们能看出，乔伊斯认识到他这部书繁难的逻辑。在书中，那个实际上似乎成了乔伊斯所排演的最后行动，即删除与荷马史诗相关的章节标题。这些标题清清楚楚地写在罗森巴赫（Rosenbach）馆藏的《尤利西斯》手稿上：忒勒马科斯（Telemachus）、内斯特（Nestor）、普罗透斯（Proteus）……我们是如此习惯于这些标题，以至于我们轻易地忘记了这本书哪里都不包含它们。这些标题不得不从作品的外部来提供。为了操纵可能提供这些标题并让它们付诸流通的一个专门的批评传统，乔伊斯要应对艰巨的难题。他需要给诸多类比与巧合的庞大结构赋予一个意义的外观；无论意义的证据存有多少，根据怀疑主义原则，意义自身是无法存有的。他只允许自己让一个外来的元素附属于这部书的本体：一个含有七个字母的词，即书名 *Ulysses*。我们可以把这个书名描述为作者的解说，是作者在 25 万字当中允许自己发表的唯一的*评论*（除此而外，作者无处可见，修剪着他的指甲）。这似乎是他决定为《都柏林人》中最后一部短篇小说，不是《死者》，而是《俄耳甫斯》，重新命名。

因为在圣诞节期的短篇小说与布鲁姆日的长篇小说之间有这样一个引人入胜的类比，每一部作品里的人们给出各种偏颇和误导性解释，而置身于作品外部的读者可以给出另一个解释，这是小说中全体人员意料之外的。加百列·康罗伊引证美惠三女神和帕里斯的评判。"正确的"神话引证应该是俄耳甫斯的评判。[①] 斯蒂芬·迪达勒斯引证哈姆雷特，利奥波德·布鲁姆引证唐璜。"正确的"神话引证应该是与尤利西斯相关的内容。

正确的？

一个评判正确性的标准：无论谁赞同《死者》是重新搬演俄耳甫斯与欧律狄刻的故事，他认可的就是这样会契合故事自身得当的简洁（neatness），还有认可的就是这样会契合故事自身的精练和考究。这一风格使得丰富的细节关联起来，形制颇像在罗马贝尔尼尼（Bernini）椭圆形的柱廊里，两排多余的柱子相互关联，在我们置身于最恰当的位置的瞬间，它们在前排柱子的后面从我们的视觉里魔幻般地消失了。这样的视觉效果是瞬间发生的，酷似欧几里得几何学；我们无须怀疑，那个位置就是贝尔尼尼设计的，即使路面上没有一块用来标记它的金属板。如果给《死者》附上一个名称《俄耳甫斯》，那这个名称就像那块金属板。

[①] 《死者》中的加百列为餐后演说构想的错误引证，音乐大神俄耳甫斯更适合评判莫坎（Morkan）家以音乐见长的三位女士。

　　与《死者》不同，《尤利西斯》装备了那块金属板，即"尤利西斯"这个名称，它告诉我们要置身的位置，如果我们对某些简化的事物有需求。我们可以猜测，乔伊斯有很多理由让这个名称保留下来，纵然他删掉了每一章的标题。一个理由是这部书千头万绪，就像它做出这么多实验，个中的复杂性允许多种多样的关联，我们或许不会确信我们已经掌握了正确的一个。另一个理由是与荷马史诗对照上的瑕疵：第十章"流动的山岩"，在荷马史诗中，根本不存在，并且许多内容被从系列事件中剔除了，整个《奥德赛》的第二部分，即奥德修斯对求婚者的处理，在《尤利西斯》中没有对应的事件，因为乔伊斯实际上把它叠入了第一部分——布鲁姆仅仅通过对有关鲍伊岚的想法的习以为常来处理与他的关系。假如《尤利西斯》的名称像它各章的标题一样被禁止了，假如有独创性的学者多年以后在《美国现代语言协会会刊》上提出论点——荷马史诗的结构似乎是从《尤利西斯》那里重新获得的，那样就会很容易想象压倒性的反驳论点将会是怎样的。

　　我们在《尤利西斯》中发现尤利西斯，因为作者告诉我们这样做。相应地，《圣经》作者告诉人们在历史中发现上帝所做的安排。我们可以假定，上帝自由做工。乔伊斯则被他表述为遍布都柏林的原则的后果困住了，这一原则就是指所有要素的结合都是出于表面，所有的现实性都是风格化的，所有文体的合宜都是装饰性的。在先给我们提供书的名称，而后又给我们提供对它的权威的诠释过程中，乔伊斯被迫坚守一个专断的主张，即《尤利西斯》隐藏的合乎逻辑的原则仅仅是指作者说出的它的如其所是：作者，如果被记得，必须被假设是不存在的。就像斯蒂芬阐述中的父亲身份，作者的身份必须被假定为从唯一的父到唯一的子之间的神秘等级；就像斯蒂芬阐述的教会一样，《尤利西斯》"建立在，坚定不移地建立在"那一神秘之上，"因为就像世界，就像大宇宙和小宇宙，建立在虚空之上。建立在不确定性之上，建立在不可能性之上"（*Ulysses*，207/207）。

最后一步。乔伊斯是反高潮的大师，是怪诞的米开朗琪罗，这样的艺术家，他所掌控的主题就是人们丧失了秉承英雄观念的能力。他的同胞，W. B. 叶芝，勉强自己秉承这些英雄观念：叶芝对转世再生（reincarnation）的兴趣使他把站在都柏林街头演讲台上的莫德·冈（Maud Gonne）看作任性的海伦，海伦转世了，不过被剥夺了要被烧毁的特洛伊。偶尔，乔伊斯走进叶芝的圈子：《尤利西斯》记述了斯蒂芬拜访乔治·罗素（A. E.），寻求人生见解，并借款一英镑。乔伊斯后来贬低他对神秘主义者人生见解的兴趣到了无处可见的地步。然而，在道森会所有关于转世轮回（metempsychosis）〔摩莉·布鲁姆把它误听为"遇见他尖头胶皮管"（met him pikehoses）〔*Ulysses*，154/153〕﹜的谈话，以及把莫德·冈类比成转世的海伦，确是遵照这两个前因，乔伊斯把布鲁姆构想为不知情的尤利西斯。

但是，海伦使莫德增强了；尤利西斯没有使布鲁姆增强。布鲁姆到底是怎样被增强的，这是另外一个题目，它关涉表述的绝对能量。这一表述能量使布鲁姆毫不松懈的警觉得以呈现，以及借重我们的同理心使他那细节丰富的强烈困苦跃然纸上。但是，从《尤利西斯》的名称或乔伊斯的书信里，意外地猜测或得知布鲁姆就是尤利西斯，这没有把他抬升到英雄的高度。这一被查验（我们被阻止做这样的查验）的知识，要么把布鲁姆变成一幅漫画，要么把荷马变成一个浪漫主义者。要么布鲁姆不能拉开尤利西斯的那张弓（他拉不开它），要么荷马高估了那张弓的硬度。

我们可以通过猜测自娱一下，乔伊斯要负责的一件事，就是一出针对叶芝拥趸们的恶作剧，堪称文学史上设计最为精心的恶作剧。在《尤利西斯》这个文本的中段，我们甚至听到叶芝的喃喃自语："我国在我的时代出了一部最美的书。有人想起了荷马。"〔*Ulysses*，216/216〕这似乎是乔伊斯为叶芝布下了陷阱，诱骗他去为《尤利西斯》撰写推介，而乔伊斯知道叶芝一定会厌恶这部书（事实上，叶芝从来没有把它读完）。

然而，有人的确想起了荷马；如果这部书将会产生预期的效果，那么有人必须想起荷马：无论何时，甚至把这部书放在高贵的最底层，针对叶芝的恶作剧也将会产生预期的效果。摆脱这一逻辑是绝无可能的。我们关于它的最后图景很可能源自迪达勒斯。为了防止弥诺陶洛斯逃离，迪达勒斯建造了迷宫，而他自己也不能逃离了，因为只有他自己知道，他把整个克里特岛变成了一座迷宫的秘密，他也被这座迷宫囚禁了。

因此，迪达勒斯被鞭策去开创新发明，垂直而上，没入云霄。

乔伊斯策划了注解《尤利西斯》，还要使得这些注解看上去来自其他人，这带来的麻烦就像迪达勒斯因为翅膀所招致的麻烦：一个发明装置，要用来抵消一个过度成功的发明装置的副作用。在瓦雷里·拉尔博、斯图亚特·吉尔伯特，以及弗兰克·勃金的身后，艺术家乔伊斯消失了，手中拿着指甲锉。遵照乔伊斯的要求，他们为无意义的大断言装备了意义。一直以来，我们持续阅读他们的著作，对举怀疑一切的皮浪（Pyrrho）和柏拉图，似乎那是世界上最自然的配对。纵然有了这些用力最勤的传记批评上的成果，与此同时，乔伊斯依然借助意料之外的翅膀升入空中，消失不见。

四、 超越客观性

——从视线里消失不见，但是，耳朵听得见：乔伊斯的声音使长篇小说的空间挤满了人。声音？"叙述声音"是常识批评的一个通例；还有更多的需求吗？显而易见，对于讲故事，荷马知道的要比常识多得多。他发现，他讲故事最少需要两个声音，他自己的声音和缪斯女神的声音（这是《尤利西斯》为何以女人的独白来煞尾的一个理由）。

乔伊斯是荷马郑重其事的学徒。我们已经看到了，在某种程度上，乔伊斯承认，就是荷马把他那部狂野的书合成一体，为此，他早就卸下他那莫须有的伪装，给那部书附上一个令人费解的书名。年复一年，对这一位或那一位新访客，乔伊斯解释他正在进行的写作；他不是从布鲁姆，也不是从都柏林，而是从《奥德赛》开始他的解释。这意味着，他的凿子要去雕刻最坚硬的石头：他的方式就是荷马的方式，面对的题材就像荷马的题材。

这需要强调。比如，在艾略特的《〈尤利西斯〉、秩序和神话》一文中，出现的那个便当的词"神话"，是完全错误的，是一个从马修·阿诺德和麦克斯·穆勒（Max Müller）时代留下来的一项未经核查的遗产。[六] 确实，荷马的读者在 1860 年代会赞同，他讲述的故事实际上没有值得做田野调查的根据，或许是从太阳神话简缩而成的，而当谢里曼出发去寻找特洛伊的时候，他看上去幼稚得出奇，就像在亚拉腊山顶搜寻诺亚方舟的船板。但是，就在乔伊斯出生的十二年前，谢里曼的确找到了特洛伊，而且他的确从荷马的"黄金迈锡尼"挖出了黄金面具。不久以后，其他的铁锹队在分不清是奥德修斯，还是海伦的国度，翻挖得尘土飞扬。当乔伊斯着手创作《尤利西斯》时，他的书架上有一本法国学者的大部头著作，内容是重行奥德修斯穿过地中海的航程，所以如果有一件他彻底确信的事情，那就是无论《奥德赛》是什么，它肯定不是一部"神话"。它讲述了一个人，活过，战斗过，航行过。这个人不是荷马想象的，而是荷马通过想象对他进行了挪用和再创造，就像乔伊斯自己打算再创造一个打零工的从业者，据称有犹太血统，取名亨特先生。不论我们对亨特先生多么一无所知，我们还是能确信，他实有其人。乔伊斯在给他老弟斯坦尼斯劳斯的信中，不经意地提到亨特先生，这毫无疑问地说明，他认为斯坦尼斯劳斯知道他是谁。这封信是在乔伊斯打算创作一部名为"尤利西斯"的短篇小说期间写的。那么，尤利西斯也一定实有其人。

荷马又是怎样处理故事的？他在故事的开端请求缪斯帮助他，不是帮助他杜撰故事，而是帮助他讲述故事。因为乔伊斯不是通过古典希腊语熟知的荷马，据说是凭借非常商业化的翻译——柯珀（Cowper）和巴特勒（Butler）的译本，[七] 但是，乔伊斯至少记得《奥德赛》希腊原文的第一行：在一个令人愉快的场合，他把它写出来，为了给布鲁姆的独幕剧加上说明文字。起首的四个字是：Ἄνδρα μοι ἔννεπε Μοῦσα，确定了依次出现的三个人的名字：*Andra*，人物，奥德修斯；*moi*，歌者，荷马；*Mousa*，缪斯，权威。荷马的声音是我们最先听到的，但是，他向我们讲述的是缪斯必须讲述给他的有关奥德修斯的故事。故事是缪斯知道的，荷马通过自己选用的词语表达了缪斯的所知；抑或荷马只是给缪斯的词语赋予了声音？古典著作的批注者胆敢标出文本中荷马的叙述被缪斯的叙述接管的时刻，那他实在太鲁莽了。荷马知道一些奥德修斯的故事，但他的所知还没有充分到可以不需要帮助地讲述它；他缺少的是知识信息，还是神灵启示？不管怎么说，在荷马引导缪斯开始讲述时，他知道有关英雄奥德修斯的境况。罗伯特·菲茨杰拉德（Robert Fitzgerald）的《奥德赛》英译本注意到不易觉察的转变：

> 故事开始的时候，其余的英雄永远离开
> 在战斗和大海中浴血的死亡
> 早已返回家园，唯有他一人渴念
> 家乡和妻子。尊贵的卡吕普索夫人
> 把他黏留在海岛上凹入的洞穴——
> 一心要他成为她的人……

在文本的什么地方，荷马对缪斯的祈求终止了，同时开启神祇不间断的叙述？他始终彻底隐退吗？

　　一个更为切实的问题是，为什么需要缪斯，她的在场要教给一个现代作家的是什么。那得看我们追问的是哪一个荷马。帕里（Parry）和洛德（Lord）的"口头程式化"（oral-formulaic）即兴诗人，是我们最新近的英译本中的荷马，可以被忽视，因为这一个通过译介被创造的荷马出现得太晚了，乔伊斯已经没有机会读到他（他的回答毫无疑问就是缪斯，她的神力使你能够按照你的韵脚一举即兴创作几千个六音步长短短行，不会遇到任何困难）。布彻和朗译介的《奥德赛》，其中的荷马就像教堂彩窗。这一版《奥德赛》的开端是，"缪斯，请向我讲述那个人，面对困境，如此机敏"，因为绅士们以祷告来开启极为重要的事业；然而，乔伊斯有时就像维多利亚时代的工程师，把创作《芬尼根守灵夜》比成给一座山开通隧道，对维多利亚时代的绅士角色没有兴趣。乔伊斯的荷马是一个技术娴熟的现实主义者，就像萨缪尔·巴特勒凭直觉知晓的那样（纵然描述西西里公主被拖动的上装，巴特勒依然没有阻碍），为这一个荷马，缪斯的用处是双重的。她能够按照需求负责掌管文体的外立面（elevations）；她能够和作者分享主题知识，作者不再占据单一"视点"（point of view），这使得亨利·詹姆斯经常受到束缚。

由于一个"视点"的占据者就像一个偷窥者（他是怎样获取信息的?），而《奥德赛》的事件是大众共享的，每个人都知道这些事件的概要（就像发生在都柏林的任何事情）。是的，如同荷马和缪斯，所有的听众都知道奥德修斯的故事，需要被关注的事情就是当下重新讲述的肌理（texture），同样，整个都柏林总是知道谁正在和谁喝酒，他们在争吵什么，众人打开的话匣子，自由地演说各自对这些事件的阐述工作，其中，最有天赋的经得住更为错综复杂的修辞负荷。也许乔伊斯对事情的认知没有远离编年纪事引导我们以为的口头程式化。

乔伊斯开始《尤利西斯》的创作，不管怎么说，就像一类有两个叙述者的二重奏，或者，也许是两个叙述者的共谋。乔伊斯把这个双重叙述归功于荷马，后来，他擅长搞怪的逻辑头脑将提供众多对荷马遗产的改进。目前，纵然在马泰罗塔楼的屋顶，有一个含混的双重叙述者也就足够了：一个声音对舞台监督知之甚详；另一个声音是更为熟练的抒情体技师。

第一章，因此——等一等，事情依然很复杂。还有一个人在场：一个二十世纪的无处可见的在场者，即小说的读者，也就是他所读过的书的受造物，此时正在面对另一本新书。在这第一章，读者的期待在一定范围内控制了第一个叙述者的叙述。由于艺术创造观众，观众随后控制艺术，就像经常观看能剧的人被一种剧场形式塑造了，而莎士比亚那些买站票的观众则被另一种剧场形式塑造了，那么二十世纪初叶的小说读者（在今天，并没有销声匿迹，不过已然面目一新了）可以被描述为是由爱德华时代的小说塑造的期待与认同反应（agreements-to-respond）的复合体。爱德华时代的小说，其造作的手法、高潮、"非常精彩的故事"，尤其是不引人注目的拙劣的小说文体，还有语言，这些都是康拉德和福特每天磨炼自己拒绝书写的。

《尤利西斯》第一章的语言，不是某种未经思考的"客观的"元语言，而是"特勒马科斯"的第一个叙述者，在他驱动人物走来走去，并报告他们的姿态时，所运用的语言。如果我们注意到这一语言是有难度的，那是因为自1904 年以后，某些叙述的臆断已经发生了些许的变化。对于一个时期的居民而言，那一时期的居民典型的特殊用语，无论出现在绘画和雕塑中，抑或出现在文学中，都是完全隐形的。[八] 这需要康拉德——一个波兰人，乔伊斯——一个都柏林人，福特——宁愿用法语写作，去精确地剖析爱德华时代拙劣的小说文体，以至于可以避免这样的写作，或者（拿乔伊斯而言）在深思熟虑地避免这样的写作之前，深思熟虑地运用它。

这一章的语言绝非不值一顾的特殊用语。它不像《尤利西斯》第十一章"瑙西卡"中拙劣的小说文体，拿腔作调得太用力了（"不过，格蒂是谁呢?"［*Ulysses*，348/346］）。它的那些独特风格，不太容易连续列举，包括与场景和布局相关的细节，有些过于繁碎了（太多的"上""下"，以及"穿过"［*Ulysses*，5/11］）；"锯齿状花岗岩"和光束在转动着的煤烟中相汇，这样苛求细节的描述太多了；前面和后面比起来，人物讲话的内容越来越少，依照通例，这一倾向只有发生在随意的对话中才是有可能的；对表意清楚的肢体语言（dumbshow）的偏好（"斯蒂芬容许自己掏出皱巴巴的脏手卷，并捏着它的一角在空中展示"［*Ulysses*，4/11］）；随即，我们会看到某些特征化表述词语的丰富。在这里，我们能够识别出英国长篇小说从英国戏剧舞台继承的遗产，尽管一组干净利落的戏剧性手势在效果上有所减弱。这样的语言全然契合"特勒马科斯"，这一章中的每个人物都在扮演角色：舞台上的爱尔兰人，舞台上的英国人，舞台上的诗人。

由此，"特勒马科斯"的文体，在今天随处准确无误地发出爱德华时代拙劣小说文体的声响，因此，它在著名的写作纲要中，被称作"叙述（青年时期）"。

在二十世纪初叶，只有温德汉姆·刘易斯注意到这一声响。他在1914年创作完成的《群星之敌》为他的这一鉴别力提供了条件。这部著作表明，刘易斯当时已经生活在一种未来的特殊用语之中；刘易斯经常得出错误的结论，他纵然表达的都是现代性的怒吼，但是，关涉到乔伊斯先生的方法，他的判断就显得*因循守旧*了。我们已经见到，刘易斯明明辨别出查尔斯舅舅原则起作用的痕迹，他却没能界定它；《尤利西斯》中的迪达勒斯和马立根想象他们自己就是人物形象，刘易斯从小说中发现了类似的痕迹，但他又一次与正确的结论失之交臂，因为他忽略了这些痕迹并没有向第一章之外延伸。且看他对剧场痕迹的反应：

马立根向男主角索要他的手帕。"斯蒂芬容许自己掏出"手帕，等等。用来指涉裤兜中的提供物，"容许"这个词及人物姿态的乔模乔样都是特征化的。

纨绔子弟马立根"突然把他那双搜寻的大眼睛从朝向

大海的方向转过来"①，等等。搜寻的大眼睛！哦，就在写下这个词组的当口，一切的陈词滥调都不能从作者那里逃离，而作者自己那双搜寻的大眼睛又在哪里？……

"那么，到底是怎么回事？"纨绔子弟马立根不耐烦地问道。"有话直说。"斯蒂芬"沉默地"（quietly）抽出他的胳膊。斯蒂芬做每一件事都"沉默地"，或者是他"沉默地"碰触马立根的胳膊，或者他"沉默地"抽出他自己的胳膊。他的确是一个非常沉默的人……②

"搜寻的大眼睛"［*Ulysses*，5/11］的确是一个突出特征；在前文，我们提到特征化表述词语的丰富，"搜寻的大眼睛"就是其中之一，即为了贴近马立根的个性，叙述者运用的一个查尔斯舅舅式的语言变形，就像"沉默地"［*Ulysses*，7/14］是一个查尔斯舅舅式的语言变形，受到贴近斯蒂芬的个性的影响。这样的词语契合这两位青年观看自我的方式。在这一章，每件事情都涉及角色、戏服，还有那个作为圆形舞台中心的"炮座"（gunrest）［*Ulysses*，3/9］。此外，马立根的措词习惯与斯蒂芬的措词习惯融进

---

① 在加布勒版（Gabler）的《尤利西斯》中，马立根的眼睛是灰色的。See James Joyce, *Ulysses*, ed., Hans Walter Gabler. New York: Vintage Books, 1986, p. 5.

② Wyndham Lewis, "An Analysis of the Mind of James Joyce", in his *Time and Western Man*, London: Chatto & Windus, 1927, p. 115.

了一组叙述上的独特风格，这些构成了《尤利西斯》文体，准许像"携带（bearing）一碗"［*Ulysses*，3/9］这样的短语出现在这部长篇小说的第一个句子中。{在拙劣的小说文体中，无论拿的是什么都要适合被*携带*；另一个乔伊斯笔下的人物刚刚开始把自己看作虚构的角色，就是《阿拉比》中的男孩，他想象"我安然地携带（bore）圣餐杯穿过成群的敌人"［*Dubliners*，20］。马立根的动词"携带"（bearing）就像他站立的姿势，似乎是对那个男孩经历的场景的回忆。但是，如果马立根和奥利弗·戈加蒂（Oliver Gogarty）年龄相同，那他也许比《阿拉比》中那个男孩年长 16 岁。① "携带"这个动词与马立根发生关联的方式就是他扮演角色的方式，有些玩世不恭。}

当时，在这一章中，一个声音正在驱动人物走来走去，并报告他们的行为。在流畅且软绵无力的拙劣小说文体中，除了偶然出现的"搜寻的大眼睛"，以及"强壮、结实的躯体"{"笑声攫住了他整个强壮、结实的躯体"［*Ulysses*，6/12］}，这个声音几乎不能从不确定的特殊用语中区别出来。不管我们把这个短语怎样加以特征化，它依然是一个特殊用语：某个人的声音尝试把这样的短语用于己身，就像

———————

① 戈加蒂（1878—1957）是马立根的原型，1904 年 26 岁。《阿拉比》中男孩的原型就是乔伊斯的弟弟斯坦尼斯劳斯。《阿拉比》中的故事发生于 1894 年，当时斯坦尼斯劳斯 10 岁。

他们自己在创作一部短篇小说。乔伊斯总是暗示，就像众多的事项用与它们一样多的字数来记录是不存在的一样，实际上，"客观的"文体并没有被发现是存在的；模拟一个人的尝试，就是叙述者在饰演角色，自身将会成为一种文体。当第一个声音料理这一章的家务时，第二个叙述声音正在说出如下的段落：

在早晨的宁静里，从楼梯的顶口，树木的阴影悄无声息地向着他凝望大海的方向浮动。靠近岸边和海湾的深处，海水被疾奔的光之足踢踹得白如镜。朦胧的大海的白色乳峰。重读音节两两联结，一对一双。一只手弹拨竖琴，琴弦合并成两两联结的和音。白色的海浪配合了词语，在朦胧的潮水上战栗（shivering）①。[Ulysses，9/15]

通过在不定期地拔高文体过程中履行缪斯的一项职责，这第二个叙述者已经帮助荷马的学徒乔伊斯创作了《青年艺术家的画像》，而且已经成为查尔斯舅舅原则的鉴赏家（virtuoso）：叙述的特殊用语因为贴近一个人物而出现弯曲，就像爱因斯坦界定的那样，一颗恒星会使经过它附近的光线出现弯曲。当下，唯一站在塔楼胸墙旁的人物就是斯蒂

---

① 在加布勒版（Gabler）的《尤利西斯》中，这个词是 shimmering。See James Joyce, *Ulysses*, ed., Hans Walter Gabler, p. 8.

芬。这些有关树木阴影浮动的思想活动，不属于，或不完全属于斯蒂芬，但是，把它们融入其中的这些句子吸纳了斯蒂芬的词语和斯蒂芬的节奏，不知不觉地把我们带进斯蒂芬的思想活动中：

一朵云开始缓慢地①遮住了太阳，给深绿色的海湾罩下阴影。海湾躺在他的后面（behind），②是一盆苦涩的水。福格斯之歌：我独自在房间里歌唱，压低悠长的悲戚的和音。[*Ulysses*，9/15]

只有捕捉到从第三人称向第一人称的转变，我们才能确信，我们已经离开外部现实，进入斯蒂芬的内心世界：当下是在斯蒂芬的内心世界，在那里，"压低悠长的悲戚的和音"拥有了一个自我肯定的表达。斯蒂芬的内心世界是由他的自我欣赏主宰的，和由技艺熟练的第二个叙述者掌管的外部现实与人物内心世界的连接地带（penumbra）比起来，这个区域的叙述声音显得不那么置身事外。第二个叙述者有着扮演多种角色的（Protean）技能，负责的是被报

① 在加布勒版（Gabler）的《尤利西斯》中，缓慢地（slowly）后面还有一个词 wholly。See James Joyce，*Ulysses*，ed.，Hans Walter Gabler，p. 8.

② 在加布勒版（Gabler）的《尤利西斯》中，这个词是 beneath。See James Joyce，*Ulysses*，ed.，Hans Walter Gabler，p. 8.

告的感知，而不是被人物固定和珍视的短语，其高超技艺似乎是无与伦比的。通过练习，他和斯蒂芬是容易区别的。斯蒂芬的梣木手杖的金属箍在路上摩擦出尖叫声，他把它听成"我的密友，在我身后喊斯蒂伊伊伊伊伊伊伊伊伊伊伊伊芬（Steeeeeeeeeeeephen）"［*Ulysses*，20/26］，为了过度注重细节的斯蒂芬，乔伊斯指示印刷工加入十二个 e（除了罗森巴赫稿本的印刷工，直到这一刻没有印刷工照办）。这正是第二个叙述者掌管精练叙述中微小的成功范例，比如那个老年泳者的出现：

靠近岩石的尖坡处，一位老者突然站起身来，用力呼吸着，一张红脸。他沿着石头爬上来，水在他的秃顶和一圈灰发上闪着光，水顺着他的胸脯和腹部往下涓涓地流，并从他那松垂着的黑色裹腰布里朝外汩汩地涌。［*Ulysses*，22/28］

——涓涓地流（rilling）和汩汩地涌（spilling）两两联结，多么精确！

这第二个叙述者，是一个生动的叙述者，如同缪斯，他炫耀的多种技巧，就像斯蒂芬所渴求的，由此，他的叙述与斯蒂芬的特殊用语之间多少会产生一些让人误解的相似性。为了清楚地觉察这第二个叙述者，我们要等到斯蒂芬离开叙述的舞台，利奥波德·布鲁姆作为唯一人物在场的时候。那时，我们将认出这位鉴赏家，他那单词命名（one-word *naming*）的惊人事例，我们已经讨论过了。他和不事张扬的巧匠共享对叙述的控制。这位巧匠查尔斯舅舅式的鉴赏力从容应对布鲁姆在场的压迫感；他娴熟地把我们带进、带出布鲁姆的内心世界。

他轻轻地在厨房里走动，把她早餐要吃的食物准备停当，放进底部隆起的托盘，这时，他脑子里一直惦着腰子。厨房里弥漫着清冷的光和空气，但是，户外到处笼罩着夏日早晨的温暖。让他感到有点饿了。[*Ulysses*，55/57]

这个语境，刚好可以辨别出两个声音。"饿"（Peckish），标志了布鲁姆感受，是布鲁姆的专用词语，但是，"清冷"（gelid）是对环境光这个知觉事实的遵从，不属于布鲁姆。我们应当期待布鲁姆知道的不只一个词，他本应知道这样一些词，像玫瑰色的手指（*rhododaktylos*），它指代黎明女神，直接相关荷马史诗中光的形象重现。乔伊斯在这里发出了被我们称作一项技法的最初信号，就是这一技法把布鲁姆的思想活动从叙述姿态中区别出来。

这两个叙述者掌管不同的词汇，根据不同的准则推进叙述。起初，他们各自的权柄均衡地相互配合，并且以布

鲁姆为第一主人公的第四、五、六章，高潮是第六章"哈
得斯"（Hades），这三章展示了人物的内心世界与外部现
实相互编结成凝练的文本织物，也就是展示了布鲁姆活跃
的思想标志与极为简明的叙述相互交替地闪现。由此，当
布鲁姆找寻一个隐蔽的地方阅读私密来信时，我们被
告知：

　　他小心地迈着步子，通过了跳房子游戏的场地，场地
里有一块被遗忘的跳房子用的石头。没犯规。贮木场附近，
一个蹲着的小孩在那儿独自一人弹大理石球，食指勾住大
理石球并用大拇指将它弹射出去。一只聪明的斑猫，俨然
眨巴着眼睛的斯芬克斯，从她暖和的窗台那边观望。打扰
它（他）们就遗憾了。穆罕默德为了不惊醒猫，剪掉一块
斗篷。打开它。当我去老妇人主办的家庭小学念书时，我
曾经玩过弹石球。[*Ulysses*，77/78 - 79]

　　这里，布鲁姆和叙述获取了相同的时间和相同的重视。
当我们已经开始期待的时候，叙述的肌理有区别了：*跳房子
用的石头*（pickeystone），*蹲着的*（squatted），*大理石球*
（taw），*食指夹住大理石球并用大拇指将它弹射出去*
（cunnythumb）——两行叙述语句中出现了四个独特的
词——与"一只聪明的斑猫，俨然眨巴着眼睛的斯芬克斯"

典雅的跨行连续的句子结构，这些属于叙述者的独特风格；"打扰它（他）们就遗憾了"，这个表述属于布鲁姆是明确无误的［"它（他）们"不确定的所指对象——小孩，还是猫？——属于乔伊斯］。在第四章"卡吕普索"（Calypso）、第五章"吃落拓枣的人"（Lotus Eaters）以及第六章"哈得斯"中，叙述都是这样。

但是，这部书刚过了一百页的篇幅，我们就得到了我们最初的暗示，即两位叙述者中负责叙述外部世界的一位，他开始变得没有耐心了。这位叙述者把他全部生动的姿态收束在自己的权限之内，方才已经获取了几个不易觉察的瞬间，比如说，其中一个瞬间，就是他收到关于布鲁姆独自一人在墓地漫步时的简短印象：

> 没有人注意布鲁姆先生，他沿着林荫小路踽踽独行，路旁是悲伤的天使、十字架、破损的石柱、家族坟冢，以及抬眼向天祈祷的希望石像，还有老爱尔兰的心和手。［*Ulysses*，113/114］

现在，他咬紧牙关，① 在第七章"埃俄罗斯"（Aeolus）的第一页提供了下面的句子：

———————

① 是指这个负责叙述外部世界的叙述者对自己的管控。

穿着毛糙大靴子的马车夫们把啤酒桶从王子仓库闷隆隆地（dullthudding）滚将出来，并把它们推上啤酒厂的平板马车。被推上啤酒厂的平板马车的啤酒桶由穿着毛糙大靴子的马车夫们从王子仓库里闷隆隆地滚将出来。［*Ulysses*，116/118］。

这个叙述者对不适当的事情怀着某种恶意的看法，还给第七章通篇的页面文字插入了很多标题。他正在让我们知道他就在那儿；他将不必满足于为叙述的需要服务，因为他甚至假定不大可能发生的事件，这样的事件需要什么是可以直接确定的。不，他正在*阅读*叙述，保留了让我们知道他怎样思考这一叙述的特权。他对待什么事情都没有比他对待自己的表演更"客观"，并且每当他的表演施行自我细查（self-scrutiny），效果就会很滑稽。（"穿着毛糙大靴子的马车夫们把啤酒桶从王子仓库闷隆隆地滚将出来……："听这个拟声词闷隆隆！然后再倒回去听一遍。）他正在学电讯晚报办公室里的编辑和好友们的样子，那些人全然不去注意一份报纸的出版，尽管那份报纸以某种方式被出版了。他们的作为就是让演说的细部内容顺从于风格化的评论，这是怀疑主义最热衷的仪式。因此，第二个叙述者，作为无处可见的在场者，他注意到马克休教授弹拨一截牙线，并迅速为这个事件赋予一个标题："噢，风拨竖琴"

[*Ulysses*，127/129]。

这第二个叙述者是一个反讽的、带有恶意的人物：他与命运相对应，执掌滑稽的世界，比如安排香蕉皮策略性的出场，帮助编织偶然事件的罗网，不偏袒地网住哈代笔下诸神的主宰的牺牲者①和相邻的三间法式套房里发狂的舞台情侣。他会让我们知道，此前，他已经写了很多书，并安排了很多滑稽可笑的场面。《错误的喜剧》是他技艺的活动物体（mobile）。客观性，被如此天真地当作终极真理，不过是他发明的一款游戏，并且他激发带有恶意的斯威夫特精心设计了这款游戏的各项规则。到最后，斯威夫特做梦都没有想到，反讽的福楼拜运用他设计的这些规则在书页上诱捕查理·包法利的灵魂。据记载，查理死后，应郝麦的要求，卡尼韦先生给他做了解剖，但什么也没有检验出来。

他是特殊人物（spirit）。在另一部书中，他劝诱斯蒂芬·迪达勒斯向空中扬手宣告，随后斯蒂芬寻思：他看上去一定像将一把豌豆扬向空中的人（如果你喜欢的话，那就是一个客观的表象）。在这一部新书《尤利西斯》中构造可然律与因果律的规则时，无论用了什么样的防范措施，他都将让我们知道他不打算被这些规则束缚。他取笑母题之

---

① 诸神的主宰是指宙斯，诸神的主宰的牺牲者是指苔丝。

间的相互关联，把斯蒂芬谈及莎士比亚的一个句子写进布鲁姆在第十一章"塞壬"中的沉思，而布鲁姆并没有听到斯蒂芬这样说（为此，注释家们满腹狐疑地注意到这一点）。为了对我们有好处，我们推断，这样的操作在这一章是允许的；在前一章"流动的山岩"中，不相干的材料只作为小插曲被引入当下的叙述，受到共时性的束缚。他也取笑这部书第二部分冷静而"客观的"开篇，"布鲁姆先生津津有味地吃着畜类和家禽的内脏"[*Ulysses*，55 - 56/57]，当布鲁姆几个小时以后与里奇·古尔丁（柯林斯和沃德事务所的律师）坐下来开始吃一盘烤内脏时，他乐于提醒我们，在前文，叙述在它似乎更加忠于职守的阶段所发出的一份声明。这一声明在那时似乎是无意义的：[九]

帕特把菜端上来，揭去盘子上的盖子。利奥波德将肝脏切成薄片。就像前文说的那样，他津津有味地吃着内脏、坚果味儿的鸡胗、油炸鳕鱼籽，与此同时，柯林斯和沃德事务所的里奇·古尔丁吃着牛排和腰子，先吃口牛排，然后吃口腰子，一口一口地咬馅饼，他吃着布鲁姆吃着他们吃着。[*Ulysses*，269/268]

翻过一页，又是"就像前文说的那样，布鲁姆吃着肝脏"[*Ulysses*，271/270]。（"津津有味地"是什么意思？尽情享受地？带有辛辣味地？指称最为明确的语言证明是有漏洞的。）

与此同时，另外一个叙述者试图继续处理这部书的事务，比如，他把布鲁姆的思想活动安排进我们熟悉的模式中。孤立地看，布鲁姆的内心独白整体似乎不受恶作剧的影响。

不过，不能免于抑制。紧接着"塞壬"的是"库克洛普斯"，贯穿"库克洛普斯"一整章，我们根本听不到有关布鲁姆思想活动的声音，只有他讲的几个词语。这意味着他最后被"客观地"展现了？根本不是；因为第二个叙述者彻底接管了叙述，仿佛《雾都孤儿》中的机灵鬼"溜得快"（Artful Dodger）强占了英国皇家制币局。第二个叙述者被分派的角色是对细部进行生动描述的微雕艺术家，他对这个角色彻底厌倦了。第二个叙述者在这一章全面模仿了一位都柏林酒吧常客，他是匿名的（就像任何一位叙述者），满腔满腹都是喋喋不休的恶意。他说布鲁姆是"老绵羊脸"［Ulysses，345/343］和"老猪油脸"［Ulysses，333/331］，还有他讲的更加错综复杂却鲜有敬意的其他事情。在整部书中，这位酒吧常客是叙述者的唯一化身，由此形成了一种讲述方式；当这位模仿者超常发挥的时候，以及他或许记起用"埃俄罗斯"中的标题搞恶作剧的时候，他就借用主要来自剪报文章的戏拟打断了他自己的话痨症

(logorrhea)，除此以外，唯独这一章的信息是通过演说的韵律被透露的。

把"库克洛普斯"的讲述方式剔除他的系统之后，我们这位不受约束的鉴赏家接下来要尝试他能够控制格套化的特殊用语。迅速瞥一眼他被分派的主题——海滩上的三位姑娘，他以训练有素的流利投入对那特殊用语格套化的表达中，这样的表达在维多利亚时代曾经指导成千上万人的写作：

> 夏日的傍晚已经开始把世界拥入它神秘的怀抱。遥远的西天，斜日将堕，白昼步履匆匆，它最后一抹余晖充满眷恋地流连于海面和岸滩之上，流连于一如既往地守卫着一湾海水的亲爱的老豪斯骄傲的岬角之上……[*Ulysses*，346/344]

——简言之，事事如常：豪斯岬角没有移动，太阳依然东升西降。第二个叙述者用二十页的篇幅保持这样的叙述姿态，使事件连同鉴赏力顺从他这一新文体的胁迫；由此，布鲁姆的表证明是在摩莉通奸的时刻停走的，正像布鲁姆如果是以这一文体为先决条件的一类小说中的人物，那么他的表就应当停走一样。[十]

突然，第一个叙述者——他缺席很久了，此时，也许就在晚餐的时候——一下子夺过钢笔，用接近十五页的篇幅连续描述布鲁姆的内心独白，这将是我们最后一次遇到布鲁姆这么长的内心独白。我们差不多恰好就处在这部书的中点。

但是，第二个叙述者此时已经羽翼丰满了，就像魔法师的学徒。他夺回钢笔，继续操演有趣的命题：就是他摹制了英语文学自古及今的总体。在他简述这项繁琐工作的过程中（"太阳神之牛"），我们几乎见不到布鲁姆和斯蒂芬的身影，而且完全听不见他们的声音。虽然是在布鲁姆被戴绿帽的第十一章"塞壬"，然而，我们仍然几乎不间断地被具有音乐效果的恶作剧式的模仿转移了注意力。就这样，在两次失之交臂之后——一次在《自由人报》和《电讯晚报》办公室（第七章），一次在国家图书馆（第九章）——最后，布鲁姆和斯蒂芬此时在这关键的第十四章相遇了，而我们在这一章被阻止去细查他们中任何一人的思想活动，也听不到他们中任何一人说的一个字，因为叙述者对他文体模拟的系统太痴迷了。这一章临近结束的时候，人物的声音突破了叙述者的系统，是斯蒂芬说出了第一个词，即酒馆的名字①；其后，有五页篇幅充斥着众声喧哗，我们几乎不能辨别这些话是哪些人说的，他们说的是什么。经过

---

① 是指挨近登泽尔（Denzille）街的霍利斯（Holles）街上的伯克（Burke）酒馆。

在子宫内的四十个段落，从叙述出生的这一章生出来的似乎是不见其人的话语，立即用它的叫喊声填满了宇宙。

然后，紧接这一章的第十五章，到目前为止，是这部书中最长的一章，它的印刷版面让我们确信，我最终可以期待组织有序的话语——这确定无疑是一部戏剧吗？——但是，我们发现我们又一次被捉弄了，因为我们一个对话接着一个对话地读下去，却不能肯定，什么事情是被确凿地讲出来的，什么只是想法而并没有被讲出来，什么是第二个叙述者为无人负责讲出或思考的词语提供的替代性表达。

因此，从"埃俄罗斯"到"喀耳刻"，描述《尤利西斯》这一奇特进程的一个办法就是标出第二个叙述者傲慢无礼的行为，而且很容易要求他只把发生的事件讲述给我们，就像格列佛讲述他在利立浦特经历的那个著名的上午。

然而，我们已经见到，格列佛经验的客观性是把叙述内容限定在单一叙述者经验之内的一项纪律。既然这项纪律凭借严格的句子结构只允许第一人称叙述，那么它最终被重新解释的结果就产生了视点叙述的著名通例，即启用一个前景人物，作者的无误（infallibility）允许我们越过他的肩膀观看。随着小说家们对技巧逻辑的兴趣日渐浓烈，视点叙述开始逐渐对叙述自由实施专政，一直到亨利·詹姆斯筹算的主要内容致力于安排诸事件，以便它们与视点——人物本该知道的事件相吻合。

结果出人意料。就像詹姆斯的文体，当一个作家的文体告诉我们，他正在深思熟虑地着手他的工作，然后，如果他的确意识到第一人称叙述者是惬当的，那么我们就会喊出啊哈，推想一个有蒙蔽性的目的已经被识破，作者的无误被悬置起来，并且我们开始怀疑叙述者的理解力（因为谁会全然信任一个人物?）。《螺丝在拧紧》激起了争论有关被迷惑的家庭女教师的大量文字，福特·马多克斯·福特的《好兵》被类似的推测用串肉的扦子串起来：荒谬的道威尔真是一个大傻瓜！接受他讲述的版本是多么缺乏社交经验啊！对于我们发现乔伊斯如此堂而皇之地要诈，这的确是一个宽慰。我们至少不需要探究第二个叙述者的心理；但是，当他成为怀有恶意的"库克洛普斯"一章中的酒吧常客时，他就不再是从运用了多重手法的书中被推断出来的一个注释者的虚构了，此时，我们就需要探究他的心理。

然而，我们可以说，他是爱尔兰人，哪怕他并非"实在太爱尔兰了"［*Ulysses*，623/543］。他是口齿伶俐的表演者，带着稍许的恶意，还有几分业余知识学家的气质。他成为江奈生·斯威夫特的同胞不是无缘无故的，此外，他是詹姆斯·乔伊斯大量专门知识的参与者。大学刚毕业，乔伊斯就在写作手法娴熟的叙述文体，比如具有蒙蔽性的《伊芙琳》。乔伊斯认为，没有理由把第一人称叙述当作唯一规范来标志意识的某种局限，并且他发表的第二部短篇小说《伊芙琳》（1904）就是他第一次并非完全不情愿的欺瞒。乔伊斯一定既无奈又高兴地意识到：众多读者将会共享伊芙琳的白日梦，将会认为一个"在布宜诺斯艾利斯交了好运"[*Dubliners*，27]的水手是可信的，这个水手在布宜诺斯艾利斯买了房子，并且在爱尔兰的出租屋里度假；此外，这个水手提出要带伊芙琳回到他在南美洲那幢房子里给他当新娘，然而，到底是什么未经深究的原因促使他们不回到布宜诺斯艾利斯就不能结婚。伊芙琳相信这一切，因为"弗兰克"——多么完美的名字！——他巧妙地凭借伊芙琳信以为真的廉价的浪漫作品来摹制他的故事。廉价的浪漫作品是头脑简单者的祈祷书。读者相信这样的内容——大多数读者似乎相信——凭借把似乎是这部短篇小说的叙述基础当作了事实，而这所谓的叙述基础实际上只是精心表达了头脑简单的伊芙琳信以为真的主题。

　　叙述技巧的一部分以这样的方式参与摹制这部小说被感知的世界，以便能够传达伊芙琳的悲情。另一部分专注于运用逗号，以及和措辞相关的细节——"他在布宜诺斯艾利斯交了好运［逗号］他说［逗号］"——这是一种墨守成规式的精确，它将微弱却具有侵蚀性的怀疑投向伊芙琳现实感的某些方面。这需要最坚定的文体控制，要求作者的一部分心智核查另一部分心智的活动，并且在这样一个早期的写作阶段就以实例彰显了乔伊斯的特征化技能，即乔伊斯运用各式各样的方法，包括刻意模仿的方法来构造他的文本。刻意模仿和戏拟，它们是检验别人感知系统的界限的方法。任何"文体"都是界限的系统；刻意模仿把系统归于别人，同时邀请我们注意它的再循环属性及其被排除在外的特质。这就是对都柏林界限有着清晰认知的学生乔伊斯如此频繁地转向文体界限的缘由。在他的作品中，没有什么能比纪念查尔斯·斯图尔特·帕内尔的诗歌更为显著了，背诵这首诗成为短篇小说《常春藤日，在委员会办公室》的高潮：悲情是真切的，修辞严冷而且滑稽，错误暴露在它所表达的苦情中。

> 在官殿，在小木屋，或在村舍
>
> 无论在哪里，爱尔兰人的内心
>
> 悲痛至极——因为他走了
>
> 他本该造就爱尔兰的命运。[*Dubliners*，104]

"克罗夫顿先生说，这是一篇杰作。"[*Dubliners*，105]乔伊斯知道，一定有读者相信克罗夫顿的判断。

《青年艺术家的画像》的后半部分，乔伊斯借助斯蒂芬·迪达勒斯的雄心做了类似的事情，把双重视觉混入单一的文体瞬间，如同早期的《斯蒂芬传》，要求他交替引用斯蒂芬论说文（essay）中热情洋溢的片段（目的是为了让人信服），然后讥嘲他为"一飞冲天的论说文作者"［*Stephen Hero*，100］。我们从斯蒂芬那里获得如此充足的理论和如此匮乏的实践，这是规定某些界限的一种方法；另一种方法是散文，在高潮的瞬间，它把注意力引向它那看上去稀缺的词汇储备，这些被选定的词汇，还要重新被选定，就像句子分成两半，一半前行，一半后退：

　　她的胸部就像一只鸟的胸部，柔软、纤弱，纤弱、柔软得就像某只长着深色羽毛的鸽子的胸脯。但是，她长长的金发是女孩子所特有的：她的脸孔是女孩子所特有的，闪现了人间美的奇观。［*Portrait*，144］

一大段内容——只有这两个句子作为结尾——带有太多修辞练习的特征（是斯蒂芬回家时书写的一类事情），足以表达一些不是讥嘲而是规定的界限。一个女孩站在水中，斯蒂芬兴奋的心思把她变成一只鸟，然后把她变成"一位狂野的天使……一位来自生活的公正法庭的使者"［*Portrait*，145］。这个女孩的所见想必就是一个盯着她看的男青年。乔伊斯后来在"瑙西卡"中叙述了一个类似的相遇，向我们展现了两个人物各自的意识活动。在《画像》中，我们只获得每一件事情的斯蒂芬版本，这样精心地规定文体的界限是为了提醒我们，事情可能有其他版本。乔伊斯很早就认识到，现实并不契合具有单目视觉和单一确定语调的"视点"。一个语调，一个声音，是属于某个人的，是属于一个人的，人们是自我限定的；这些被限定的人们有克罗夫顿们，有伊芙琳们，有斯蒂芬们。

乔伊斯后来说："我的方法，一些是三条道路交会（trivial）；一些是四条道路交会（quadrivial）。"① 至少，以双视觉人物为模型，现实迫切需求一种双重表述：早期小说中的双重态度在《尤利西斯》中分裂成双叙述者，其中的一个叙述者可以进行各种模仿。事后回看，似乎是显而易见的，以《尤利西斯》的规模，文本内容不能按照《都柏林人》和《画像》的方式被书写了。大约是在1919年，乔伊斯写作《尤利西斯》到了第五个年头，他非常清楚，文本内容甚至不能按照他开始写作这部书的方式被书写了。（甚至"库克洛普斯"的早期手稿包含布鲁姆的内心独白，这让我们不禁猜想，比如说，这一章原定是按照"哈得斯"的方式被书写的：一个圆熟且有弹性的方式。）从一开始，他至少知道这一点，即一本大部头著作需要从内心世界与外部现实的即时性中产生丰富的效果，以便即刻带入我们

① Frank Budgen, *James Joyce and the Making of "Ulysses" and other Writings*. London，Oxford & Melbourne：Oxford University Press，1972，p. 347.

读者的注意力，而且不需要以对都柏林城市现实的心理感知，以及体验内心生动的游戏为中介。人物必须有多重声音，包括讲出来的和缄默不语的，但是，疏隔与区别的职责不得不委托给一个辅助的叙述声音，这个叙述声音不属于任何人物，因为没有一个人物能够目睹这部书中的全部行动。这部书的一部分主题与许多正在展开的行动不相关联，它们是由一个大设计来链接的，并且这个大设计不给主要人物中的任何一位提供安慰，只是让他们如其所是地意识到厌倦和疏离。

如此看来，这就需要两套方案，分别叙述内心世界与外部现实；我们已经看懂乔伊斯老谋深算地在第一章让叙述者兼演两个角色的缘由，而且当他回溯这部书的时候，他几乎让这一章原封不动，同时详尽地给其他章节添加了很多内容。大设计要做的整合无须操控牵线木偶人——叙述者似乎什么都知道：某一叙述者知道萨克雷把牵线木偶重新装箱，某一叙述者知道哈代所做的解释，即诸神的主宰对苔丝的戏弄。大设计是多重误解的设计；例如，布鲁姆认为，斯蒂芬是诗人和哲学家，把他带回家是他最美好的命运；摩莉认为，她能盼到一个小情人，并且她还认为，她听到布鲁姆要求在床上吃一个鸡蛋。就我们能够讲述的而言，尤其是在斯蒂芬离开他们家以后，所有这一切指向的是一个什么样的未来呀！这部书把这样的主题整合起来，它的方法不是断定诸神的主宰的反复无常的意愿，而是通过本土的表述，跟一切合乎逻辑的事情，随后跟各种文体连同一切与事实不符的事情，开玩笑。

我们在这里应当深思，回到这部书里的事件似乎是由人物控制的时候，即在让人厌烦的文体家篡夺前景位置之时的长远以前，书中已经遍布了错误与欺骗。第一个篡夺者（斯蒂芬说）是马立根；有一些事情不是马立根和斯蒂芬讲给对方的；尤其是斯蒂芬没有讲他不打算住在马泰罗塔楼了，尽管"今晚，我将不在这里睡了"〔Ulysses，23/29〕出自斯蒂芬无声的思想活动。（他将睡在哪里？谁将请马立根喝酒？）至于布鲁姆家，从我们目击布鲁姆和摩莉第一次相遇开始，他们就发疯似的相互逃避。

——这些信是写给谁的？

他看了看。马林加。米莉。

——一封信是米莉写给我的，他小心地说，一张明信片是给你的。还有你的一封信。他把明信片和信放在挨近她膝盖弯曲处的哔叽床单上。

——你想把窗帘拉起来吗？

他通过轻轻的拉拽让窗帘升到一半的高度，他那只盯着后面的眼睛看到她瞥一眼信，并把它塞到枕头底下。〔Ulysses，61 - 62/64〕

"小心地"是一个要注意的词：布鲁姆绕开危险话题的方法。"给"也一样：摩莉问"这些信是写给谁的？"此时，她问这话的意思明明是想知道信"来自"谁。信封上用"粗犷的字迹"写着"玛丽安夫人"［*Ulysses*，61/63］的这封信悄悄移到枕头底下。布鲁姆知道这一情形。摩莉知道布鲁姆知道这一情形。随后：

撕开的信封从有凹痕的枕头底下露出一条边。他正在往外走，中途停下来把床单抻直了。

——谁来的信？他问。

粗犷的字迹。玛丽安。

——噢，博伊兰，她说。他要带节目单过来。

——你要唱什么？

——与 J. C. 多伊尔合唱《手拉手》，她说，还有《甜蜜的老情歌》［*Ulysses*，63/65］。

这个语境透露出一个成规：当博伊兰来布鲁姆家的时候，所发生的事件将会与音乐有关。他们都知道事情的另一面。当那一时刻到来①的时候，摩莉信口端出的音乐借口将会迷惑布鲁姆和读者。大约就在那一时刻，也就是在不同种类

① 布莱泽斯·博伊兰到布鲁姆家和摩莉·布鲁姆约会的时间是 1904 年 6 月 16 日下午 4 点。

的文体着手屏蔽正在发生的事件的时候，布鲁姆开始做出一系列的举动。有关这些举动，他对自己闪烁其词，包括关于他回家的时间，他将对摩莉说的全是谎话（与此同时，摩莉对他已经完全不忠实了）。

从"塞壬"到"喀耳刻"，这几章涉及的事件，布鲁姆不会和摩莉讨论，他对自己也一样不坦白。这些事件有：摩莉的通奸，布鲁姆写给马大的信，布鲁姆从基尔南酒馆屈辱的逃离，布鲁姆在海滩上的自慰，布鲁姆的夜镇（Knighttown）① 之行。在妇产医院发生的事情尽管是可信的，但是，布鲁姆对此同样半吐半露，因为他出现在那里与相关时间的另一版本有矛盾，据此（就像他后来睡意蒙眬地告知睡意蒙眬却有意识的摩莉一样），在这一段时间里，布鲁姆去看了《利亚》，并和斯蒂芬去维恩餐馆吃晚餐，然后把斯蒂芬带回家，而斯蒂芬的受伤不是在贝拉·科恩妓院外面被士兵打的，而是"晚餐后体操表演过程中的动作失误"［*Ulysses*，35/656］造成的（这是某人想要听的布鲁姆叙述的一部分）。通过支吾其词把摩莉屏蔽在外的这些章节，和第二个叙述者为所欲为、向我们半遮半掩的内容是一样的。

令人怀疑的是摩莉究竟被欺骗到什么程度；例如，我

---

① 1904 年，一些新闻记者把都柏林的红灯区称作"夜镇"，是《尤利西斯》第十五章的场景。

们将得知她已经猜到布鲁姆和马大的通信，也猜测他去了夜镇。不过，荷马的尤利西斯以撒谎著称，而乔伊斯的尤利西斯和他的珀涅罗珀之间的交流主要是以他们讲述的词语为中心，或根据他们的言外之意。因此，这部书的一个常态是布鲁姆与摩莉或多或少借以保持联系的一连串谎言。我们能确定已经骗到摩莉的唯有那些布鲁姆不会记得自己说过的词语："在床上的黑夜里有一颗神鹰的海雀蛋……"[*Ulysses*，737/658]，在他不知不觉地进入梦乡的时候，他嘟囔着这些词语，而摩莉把它们误听为："是的因为他以前从没干过这样的事要在床上吃早餐还要两个鸡蛋……"[*Ulysses*，738/659]。后文，摩莉计划早晨去买菜；"然后我将把他的鸡蛋和倒在搪须杯里的茶一道端给他"[*Ulysses*，780/781]；如果她做了，布鲁姆会感到非常惊讶。是什么促使她那样做的？布鲁姆一定会认为，摩莉这样做是为了悔罪。由此开始，基于误听的一句嘟哝，有可能带来新生。

因此，欺骗摩莉是与她交流的仪式的一个组成部分，而欺骗布鲁姆是向他传递信息的一种方式（"我孤独了，厌倦了"）。通过一个令人不安的扩展，欺骗读者是确定有关这部书、有关很多书，以及有关生活的某些事实的一种方式。因为我们相当频繁地被欺骗，而且已经有了一些正典化的骗术，为它们正名构成相当一部分的《尤利西斯》批评史。由此，这部书给出的第一印象是：它是无形式的，如果你读过《安娜·卡列尼娜》（即使你读过《项迪传》，无论在书中什么地方拣选样本，它都如其所是），那你通读这部书时就会这样认为。更为有趣的骗术来自对明确的词语的含义的误解，就像假定弗兰克在布宜诺斯艾利斯应该有一幢房子等待伊芙琳，因为小说中的一个句子似乎说到他有这幢房子。由此，通过阅读对那个著名问题——"先前的一干人等都有谁?"的回答，我们很容易就能想象出来，这是不可能的，那回答里面竟然说摩莉至少和二十五个人上过床，包括"一位意大利的手摇风琴师，一位在欢乐剧场萍水相逢的绅士"，还有"一位在邮政总局旁边摆摊的擦鞋匠"［*Ulysses*，731/652］。《尤利西斯》出版五十年来，批评界达成共识，断定：这个回答只是布鲁姆怀疑和摩莉有染的一干人等的清单，并且博伊兰可能是她第一个婚外情人。这仅仅是一份清单，并没有告诉我们它是和什么有关的清单。

那是一个重要的例子，影响了我们对布鲁姆和摩莉的整体认知。更为琐碎的例子比比皆是。我们可能以为，我们听到摩莉说"遇到他尖头胶皮管"（我们没有听到）；或者我们可能以为，当她在床单上（猫依偎在那里）发牌的时候，我们就在现场（我们不在现场）。我们确切地以为，我们看到的比我们实际看到的更多；我们确切地以为，我们伴随布鲁姆的时间比我们实际伴随他的时间更长，比如，与他一同去洗浴（我们没去；除非我们非常警觉，否则我们会轻易地认为，那洗浴是土耳其式的）；我们当然确切地以为，我们知道的比我们实际知道的更多。证据是有欺骗性的，这样的不幸事件是对我们的告诫；记忆是诡诈的，标志可能是模棱两可的，各种文体是一致性的临时系统。（"伊塔卡"的文体，似乎是全知视角的终结，这就是我们误读摩莉"情人们"的清单的缘由；然而，"伊塔卡"如此遵从布鲁姆的愿望，以至于提供一项布鲁姆显然篡改过的开支——他在妓院用掉的十一先令去哪里了？——并且作者已然抛弃了在同类的文体中被表述的神学①。）

有证据显示，我们这些阅读困难的典型代表就是"流动的山岩"。这一章显然是由第二个叙述者管控的。在这里，与牙医布鲁姆相关，而与利奥波德·布鲁姆没有关系的"布鲁姆先生牙科诊所的玻璃窗"［*Ulysses*，250/249］，从斯图亚特·吉尔伯特生活的时代起，就已经被当作航海的潜在危险的样本出现在一些手册里了，而这些手册不过是让航海的潜在危险引起公众注意的指导；当我们在流动的山岩间抢风航行时，我们可能在任何时刻因遭遇一处

---

① 肯纳的意思大约是指《奥德赛》中，奥德修斯回到伊塔卡后的叙述，智慧女神雅典娜以全知视角在场。

"读者陷阱"而磨碎航船的龙骨①，克莱夫·哈特先生
（Mr. Clive Hart）把如此繁多的读者陷阱安排进四种类
型。[十一]"流动的山岩"，即全书十八章中的第十章，相当于
事先告知：欺骗，或试图欺骗，蕴含在把布鲁姆日发生的事
件传达给我们的仪式中。

由于"外部现实"与"内心世界"同样是人工制品，
是语言的人工制品；似乎是在写作《尤利西斯》的中途，
乔伊斯才清醒地认识到，这部书最好要承认它是人工制品
的事实。他完成了"流动的山岩"，然后回溯并修订"埃俄
罗斯"，于是，这一承认就从那一章开始了。

当一些人认为"利西达斯"（Lycidas）②不真诚的时
候，我们此时的立场紧接他们践行的立场。因为乔伊斯正
在告诉我们：真诚能够诅咒。厄内斯特·海明威开枪爆头不
久以前，他回忆他早在几十年前的巴黎怎样克服写作的瓶
颈："不要着急"，他曾对自己说，"你以前很能写，并且你
此刻就会写。你所做的一切就是写出一个真实的句子。写
出你所知道的最真实的句子"。③ 记住，他说出这番话的地

---

① 在这个语境，肯纳让读者阅读《尤利西斯》第十章"流动的山
岩"的经验和实际的航海经验相互发明，并把它们组织成统一的分析肌理。

② 弥尔顿的诗歌《利西达斯》被约翰逊等人诟病，认为它不真诚，
只是虚构，鲜有悲痛。

③ Ernest Hemingway, *A Moveable Feast*, New York：Charles
Scribner's Sons，1964，p. 12.

方让人不寒而栗。在他用尽他所知道的真实的句子的时候（一个人知道多少这样的句子），他成名了，并且成为厄内斯特·海明威这一规划（做这些事情就是便于写出关于它们的真实的句子）已经在公共空间施行了。被外界持续地检视，更加令人不安的是被自己持续地检视，他很快就开始系统性地逃避自我，就像布鲁姆系统性地逃避摩莉。他的主体已经成为厄内斯特·海明威，而且他不得不持续地发展这一特性。"你现在觉得怎么样，绅士们？"① 这个佯装诙谐的问句是莉莲·罗斯听海明威一遍又一遍说起的，事关他在某些正在发生的无趣事件中所担当的角色。著名的文体成了表演，开始自我审视，自我模仿。它发展为几样程式化的表述：平板的名词，用"并且"（and）连接的简短的从句。当他不能再忍受其中任何一个程式化表述的时候，这一天就到来了。

和黛西·米勒一样，海明威死于美国人对真诚的信仰：信仰有这样一件事情叫作一个真实的句子。但是，真实不是单一的，而是多重的，而且甚至有关一个被限定的状况的总体真实都可能是不可言传的（乔伊斯在写作《都柏林人》时就懂得这个道理；看一下《伊芙琳》和《泥土》就明白了）。仅仅在伊芙琳整个故事的开端就牵涉了她对正在

---

① See Lillian Ross, "How Do You Like It Now, Gentlemen?", in *New Yorker*, XXVI, May 13, 1950.

发生的事件（我们阅读的故事）的认知，有关她父亲的、"弗兰克"的、她弟弟哈里的、一个邻居的，而且把他们同时牵涉进来（"同时"给我们的是《芬尼根的守灵夜》；"连续"给我们的是《尤利西斯》）。在乔伊斯看来，真实的句子最好满足于对讲述它的声音的忠实，而且最好承认当多重声音开始自我倾听的时候，这些声音就演变成多重文体。如果它们没有开始自我倾听，那它们就像西奥多·德莱塞的声音一样衰退了。文体是必要的恶。幸好，它也是娱乐性的。"低等动物中，举凡有兴趣传播人类文化者（它们的名叫群）……"［*Ulysses*，311/309］："库克洛普斯"中一处典型的"让人厌烦的"插入内容。但是，要在《马可福音》第五章第8到13节的鉴照下阅读它，并且会由于专注的行为而喜不自胜。

因此，植根于不可计数的生活现实，包括都柏林人闲言碎语的众声喧哗，这些文体开始增殖，并且接管了这部叙述布鲁姆日的著作：这些文体不是被任意拣选的，它们之中的任何一个都是以布鲁姆的经验的肌理和那些在经验中认识他的人们的经验的肌理为依据。第一个原因，即"塞壬"是以音乐为主题的一章，摩莉和博伊兰在这一章故事发生的时间（1904年6月16日下午4点）经验了她和布鲁姆有关约定唱歌的内容达成的共识。"瑙西卡"的前半部分具有长篇小说的肌理，而格蒂和伊芙琳一样不能逃离廉价的浪漫作品。她在这部小说的肌理中突然看见**海滩上的神**

秘男人（这个短语属于布鲁姆，他已经有了这样写一部短篇小说的想法）。"太阳神之牛"是煞费苦心地迂回曲折，契合它的主要内容——学生空谈（"当然，这些年轻气盛的小子后生，放言高论，活脱长不大的稚童"［*Ulysses*，407/404］。这一章是在自我言说，或多或少模仿了伯克的文体）。交谈尤其雄辩的是没有写出来的一章，它处在"库克洛普斯"和"瑙西卡"之间，就是布鲁姆探访迪格纳姆的居丧之家时发生的事件。这一章的缺席（对待这种状况，斯特恩在《项迪传》中的做法是留下空白页）对应布鲁姆根本不想考虑的这一天中的一个事件。[十二]

我们仍然可以认为，毕竟有一个能够从这一切的表象之下复现的"真实"，如果作者想的话，他本可以把它直接叙述出来。他没想那么做。"喀耳刻"是个考验，这一章邀请我们去具体说明我们所追问的真实，并且鼓动我们认为，我们想要的就是电影摄影机和磁带录音机本该获取的视听信息，这是"客观的"，不可违背。其余全然是幻觉，"主观的"吗？

但是，我们发现，如果我们加以尝试，我们却不能作出这样的区分。

（……一只手滑过他的左腿。）

佐伊

蛋蛋怎么样？

布鲁姆

在那边。有些古怪，它们都在右边。想必更重一些。百万分之一，我的裁缝梅西亚斯说。[*Ulysses*，476/454]

引文中，尽管可以推断，佐伊所说的话是她自己说的，可是，布鲁姆不会那么说。然而，确定无疑，那答话的内容是用布鲁姆的特殊用语说出来的。它只是布鲁姆的所想？然后，他说了别的。是什么？这是深不可测的。

或者，我们可以认为，我们能够把这些幻想建立在外部事实的基础上，也会有一些无法实现的微不足道的例外。或者我们可以认为，我们能够在梦境的内容中认出早先在白天发生的"客观的"事件，并核查意识是怎样把此刻我们已然熟悉的材料进行排列的。这也不能借助前后文的一致性来实现，因为我们想要分派给一个人物的这些幻觉，它们在出现的时刻，将会采用这一人物并不知道的要素，个中的缘由或者是他在那一时不在场，或者这些幻觉不是实际发生的事件，而是叙述的表达方式。由此，布鲁姆没有看见汤姆·罗奇福德的机器，它被算进"他的"一个幻觉；而当莱内翰在《自由人报》办公室讲述有关卡斯蒂尔的玫瑰的字谜时，布鲁姆已经走了，这被算进他的另一个幻觉。然而，我们试图合理地解释"喀耳刻"，这样做，有很多要素逃逸了。这是第二个叙述者的正当判断和胜利。它是一件人工制品，只能在文学构成部分中被分析。

"喀耳刻"处理的内容大多是没有发生的事情，它们完全超出了客观性。尤其当布鲁姆守卫被打倒在地的斯蒂芬时，似乎用作高潮部分的内容竟然是布鲁姆的儿子鲁迪的幽灵。这是煞费苦心安排的戏剧效果，是一个怪诞而感伤的显形（epiphany），而随后，它再也没有从布鲁姆的思想活动中掠过。我们可以推断，鲁迪根本没有出现在布鲁姆的面前，因为布鲁姆当时正在迅速拂去斯蒂芬身上的刨花，并大体以正统撒玛利亚人的方式让他振作。鲁迪出现在我们面前，这一个没来由的滑稽变形，显然是第二个叙述者提供的，为了转变并结束这一章，也为了让它标志经验的真实，即布鲁姆接下来的思想活动都是与父亲相关的。还有什么能够比我们可以见到的一个穿着规定服装、阅读一本希伯来著作的男孩更"客观"？然而，除了我们自己，没有人见到他，我们

汤米·穆尔玩世不恭的手指

并不在他出现的地方，而是坐在用英文书写的一部书（《尤利西斯》）前。

乔伊斯在的里亚斯特作过关于笛福的讲座。对于笛福，没有小说家表示更多的感激。就像在《摩尔·弗兰德斯》和《罗克萨娜》中一样，吸引笛福注意力的那些人物经历多种角色，并且拥有很多戏服、名字和身份。通过第一人称叙述，笛福自己扮演那些人物；他的技巧几乎和那些招摇撞骗的人物浑然一体。笛福有专门的技巧让我们相信他笔下人物的招摇撞骗，以及他们在其中招摇撞骗的伦敦。笛福为乔伊斯提供了一个他总是在自己面前持守的典范，即耐心地忠实于有说服力的都市细节，在如此众多的放言高论之中，这使得《尤利西斯》不管怎么样都是以生活真实为基础的。"他从汤米·穆尔玩世不恭的手指下穿过。他们把他矗立在公共小便池的上方，真是恰到好处：众水合流。"[*Ulysses*，162/162] 谁要是瞥见三一学院北侧公共小便池上方的汤米·穆尔雕像，准会称赞"玩世不恭的手指"这个短语用得精确至极。《尤利西斯》中，这样的观察结果不计其数，它们是以笛福做梦都想不到的玩世不恭的精练而引起注意的。这种做法破坏了我们可以从笛福的实践中得来的每一项规则。它拒绝恪守众多表象的合理性，也拒绝朴素散文不引人注目的合宜。它似乎以向那些准则致敬的方式发端，继之把它们踢成碎片。

　　我们现在有条件讲出个中的缘由。郑重其事的朴素散文，即叙述忠实的质朴文体，它是一项晚近暂时性的发明，确定了事实与感知、事件与声音相互独立的暂时性错觉。远非传达关于事情的最终真实，尽管它在作为新文体出现的时日里看来是这样的，远非把修辞的赘疣替换成"如此众多的事情，几乎用同等数量的词语来表达"①，正如斯威夫特理解的那样，它契合为了专门的目的而采取的一种专门的感知方式，就像记述一只猫在气泵里的行为。就像一切的专门特性——斯威夫特懂得其中的门道，并且当他让利立浦特人描述格列佛的表时，显示了他的懂得——它具有潜在的喜剧性，之所以从喜剧中被排除，是因为我们认同严肃的事情正在发展。发挥全部作用的修辞就是人性之常，而具有指示意义的质朴文体只是它的一个特定方面。让超自然的事情回归到戏剧，让修辞和缪斯回归到长篇小说，这些行为是由艾略特与乔伊斯分别做出的，是分别向以神祇舞蹈为发端的戏剧和以荷马为发端的小说表达了同样的敬意。荷马，古希腊人的教育者，依然在教育我们，尤其当我们在一部长篇小说讥嘲的镜子里瞥见他的时候，而不久以前，长篇小说还被认定是对他的背叛，不过，实际上，它严肃且充满活力地向他表达了错综复杂的敬意。

---

　　① Thomas Sprat, *History of the Royal Society*. London：Printed by T. R. for J. Martyn, et al. , 1667, p. 113.

这部小说向荷马表达的最终敬意是把它的领地交还给缪斯。"缪斯啊,请向我诉说那个人……"《尤利西斯》的第三部分,也就是最后一部分,"回家",是指叙述回到缪斯那里。"回家"这一部分包含"欧迈奥斯""伊塔卡""珀涅罗珀"三章。

在"伊塔卡"中,确定无疑的是,"缪斯啊,请向我诉说"这个程式一段接着一段地生成了一整章。一个声音问,另一个声音泰然地回答。

分别的时候,他们是怎样相互辞行的?

在同一扇门前,两人分别站立在门槛的两侧,分别的时候,各自胳膊的线条在任何一点交汇,形成的任何角度都小于两个直角的和。

伴随着他们两臂线条相切的联合,以及他们各自离心和向心的手的分离,是什么声音?

深夜里传来响亮的钟声,是圣乔治教堂的组钟报时所发出的和谐的声响。[*Ulysses*,703 – 704/624 – 625]

缪斯不知疲倦地回答;她掌握可以传授的几何学知识和格律诗知识,还掌握有关人物的过去经验和他们内心深处思想活动的信息;她给出我们没想过要获取的让我们应接不暇的信息,有关都柏林自来水厂蓄水池的占地面积,或者关于布鲁姆家厨房范围的气体火焰输出的烛光强度；她也能从容应对一首可能性毋庸置疑的诗，尤其以庄重的节律颂赞奥德修斯的领地，颂赞水，动用了 500 个仪式性的词语，结束部分是："在湖泊的湿地，在传播疫病的沼泽，在残花腐坏的水里，以及在月亏时的死水塘，散发出带着毒性的臭气。"［*Ulysses*，672/593］

回答者缪斯也是雌雄同体的布鲁姆，提问者也是摩莉，用教义问答式盘问口授教义问答已经成为摩莉一个新近形成的交流习惯，并且在这一章的结尾几乎没有被概述出来。因此，有一些空白，有一些避而不谈的内容，有很多。那项特别开支——多重客观性的客观性——被篡改了，删除了在妓院用掉的数额。尽管我们通常听说"伊塔卡"被称作"客观的"，但是，确切地说，它并不是客观的。它是不完整的，而且它的直截了当只是断续性的，也不限定于某个人的经验；除了戏谑，它没有恪守诸多印象按照时间顺序的排列——相比之下，格列佛在利立浦特小人国诉说了质朴的事实——而且它摒弃了诸感官的经验限定。它甚至包括布鲁姆的至福愿景（Beatific Vision），布鲁姆小别墅、圣利奥波德府、弗罗尔公馆的生活中有捕鳗鱼的笼子、捕龙虾的笼子、剪草机，以及丁香树。

住在埃克尔斯街七号的布鲁姆能预见弗罗尔公馆里的

布鲁姆吗？

　　身穿一件宽松的羊毛衫，头戴值八先令六便士的花呢帽，脚蹬一双带有松紧衬里的实用园艺靴，手提喷水壶，栽种成行的冷杉树苗，喷水、修剪、打桩、播种草籽，日暮时分，在新割的牧草的香气中，推着装满杂草的独轮车，并不觉得太劳累，改良土壤、增加智慧、寿享期颐。[*Ulysses*，714－715/636]

他的盾形纹章印有"与之相称的古典箴言（常备不懈）"[*Ulysses*，715/636]，这意味着《尤利西斯》确切地认可了《奥德赛》第一行中的表述词语多才多艺（*polytropos*）。

　　由作者和缪斯之间的对话实现的这一合作关系——一个提问，一个回答，男主人公出场，一个个轮换的议题，被完善、被固定、被颂扬——是古典的平衡点：布鲁姆到家时，小说同样回到客观性的塞人歌声一度引诱缪斯离开的地方。布鲁姆还没到家时，我们见识了粗野无文的"欧迈奥斯"：在它的规划中，以及在它的句子的裂缝中，同样存在着布局上的缺陷，杂乱无章，俨然出自缪斯不在场时布鲁姆自己的冥想。有点偶然，就像《格列佛游记》，这一章开始对马有些古怪的沉迷。长久以来，我们的老朋友——生动的叙述者被平庸之辈误认为排泄物的鉴赏家，他在第十六章的最后一页为《尤利西斯》提供了最后献辞，是几个节奏匀正的短语，在粗野无文的句法里超尘拔俗：

> 姑且这么说，这匹马已然道尽途穷了，停下了脚步，并且高高翘起骄傲且轻微颤动着的尾巴，在刷子很快就要掸净、刷光的地面上，以拉下三坨冒着气的粪团来加添他的份额。缓慢地，分三次，一坨又一坨，从丰满的屁股里冒出。[*Ulysses*，665/585]

再见了，老鉴赏家，这是他的完美收官。

然后是"伊塔卡"，叙述者与缪斯之间仪式性的交流，形式上，两人共享一种他们完全掌管的特殊用语，而且除了他们自己的声音，其余的声音都不允许被读者听到。最后是"珀涅罗珀"：尽管叙述者在"欧迈奥斯"中没有彻底退出，但是，在这最后一章，就只有缪斯，没有叙述者，不再是典雅地富于变化，而是流动的无形式，四仰八叉地摊成一堆，与"欧迈奥斯"的无形式相对照，它就像收集鸡零狗碎者的藏品。

不加标点、不被叙述的"珀涅罗珀"——唯一没有叙述干扰的一章——似乎向我们显示没有荷马的缪斯是如何作为的：大量涌现的女性知识、观点、闲言碎语、感受（就像乔伊斯自己说的那样），没有开端、中段和结尾。"几点过一刻了早得反常的时辰我猜在中国他们刚起床此时正在梳辫子开始一天的生活修女们很快就要敲响晨祷的钟声了没有人会进来干扰她们睡觉除非个别神父做晚课或者隔壁的闹钟公鸡啼叫似的咔哒咔哒地把自己的脑子都叫出来了让我看看我是否能打个盹儿一二三四五他们搞出来的那些是什么种类的花啊就像群星隆巴德街上墙纸好看多了……"〔*Ulysses*，781/702〕——这一章只在它的说话人入睡的时候结束，那时也可能没有结束。

这是幽暗中的声音，除了躯体的功能和远处一列火车的呼啸，它与感官经验的其他联系被切断了。这是纯粹的写作天赋的声音，向上涌现，无所不知：她知道布鲁姆以为她不知道的一切，最初是抽屉里藏有色情明信片的内容和他与玛莎·克里福德通信的事实。究竟"他们设计出来的那些是什么种类的花啊就像群星"：遵照亨利·弗罗尔的名字，布鲁姆现在已然融入群星之中——"天堂树挂满湿润的夜蓝色果子"〔*Ulysses*，698/619〕——她的内心独白最后一次喷涌而出，起点是："我爱这些花呀我但愿这幢房子的整个空间在玫瑰花丛里漂游。"〔*Ulysses*，781/703〕

无论她诉说什么，她总是向我们诉说那个男人，多才多艺，"擅长各种各样的创造发明"。在她幽暗的世界，以聚合一切特殊的事情和一切由"他"来指称的男人为背景，各种神话融为一体。由于迪达勒斯的创造发明，迷宫成了王后与一头名为布莱泽斯的优选公牛相守的地方。就是从这座迷宫的中心，不死者奥索尼亚的缪斯的声音涌现了。缪斯重新被允许进入故事讲述的领域。当客观性摒弃神话和修辞，并且以为像用钱币买东西一样，新天新地可以通过依序分列的事实微粒来获取的时候，故事讲述的领域一度成了客观性想要排拒缪斯的禁地。

补充注释

[一] *福楼拜的模仿*

她送他总是送到门廊的第一级台阶。他的马要是没有牵过来，她就待在那里。他们已经说过再见，彼此也就不再交谈；清新的风围着她，吹乱了她后颈处一小绺、一小绺的头发，或掀起她臀上围裙的带子，它们仿佛长条形的小旗子，卷来卷去。有一回，时逢化冻，院子里树木的皮渗出水滴，房顶的雪在融化。她站在门槛上，然后，她离开去取她的遮阳伞，把它撑开了。遮阳伞是丝绸做的，颜色像鸽子的羽毛，阳光穿过伞面，光线在她脸孔的白净皮肤上游动。正是天气不冷不热的时节，她在伞底下微笑，你能听见水点，一滴又一滴，打在绷紧的丝绸上。[①]

Elle le reconduisaittoujoursjusqu'à la première marche du perron. Lorsqu'on n'avait pas encore amené son cheval, ellerestaitlà. On s'étaitdit adieu, on ne parlait plus; le grand air l'entourait, levant pêle-mêle les petits cheveuxfollets de sanuque, ousecouant sur sahanche les cordons de son tablier, qui se tortillaientcomme des banderoles. Une fois, par un temps de dégel, l'écorce des arbressuintait dans la cour, la neige sur les couvertures des bâtiments se fondait. Elle était sur le seuil; elleallachercher son ombrelle, elle l'ouvrit. L'ombrelle, de soie gorge-de-pigeon, que traversait le soleil, éclairait de reflets mobiles la peau blanche de sa figure. Elle souriaitlà-dessous à la chaleurtiède; et on entendait les gouttes d'eau, une à une, tomber sur la moiretendue.

在这些句子中，唯一被找见的个体化人称主语是"她"（elle）；查理和匿名牵马人的手一样，被"他们"（on）吞没了。其间，三个小画面捕捉到查理经受狂喜的情绪特质：

---

① 见福楼拜：《包法利夫人》，第 15 页。

她站在门槛上；她离开去取她的遮阳伞，把它撑开了（Elle était sur le seuil；elleallachercher son ombrelle，elle l'ouvrit）。站、离开、撑开，每一个动作都被查理带着如梦似幻的敬畏注意到了。英文的特殊用语要是顺应这样的句子结构，那看上去就是假天真的造作；并且英文的特殊用语不能复现这样的句子结构，译者米尔德里德·马默（Mildred Marmur）正确地选择了对福楼拜优先关注的事情的忠实，这样，我们就不会听到机器的嗡嗡声（译者按：机器的嗡嗡声是指查理的意乱情迷）。

［二］*户外厕所的别名（Antonomasia）*

查尔斯舅舅的"屋外之屋"（outhouse）当然是指屋外厕所，隐藏在一个委婉语的后面，如此文雅，甚至它的厕所含义一度没有收录于《牛津英语词典》（该词典含糊地把它说成具有"某种附属目的"）。在《恩典》中，就像我们所见的那样，人们经常出入的楼下房间，有着相似的用途，被称作"盥洗室"（lavatory），似乎人们去那里仅仅为了洗手。与通例一致，它的常客是"绅士们"。1904 年 6 月 16 日上午 8 点 45 分之前，布鲁姆造访的地方被称作"茅房"（jakes），乔伊斯选择这个称谓，似乎是聚焦布鲁姆与荷马史诗中人物的对照。

《牛津英语词典》认为，jakes 源自 "Jaques" 或 "Jack's"（参阅 "John"）；我们可以选择性地回忆，在这变形的一章，约翰·哈林顿（John Harington）爵士 1596 年奏响了抽水马桶的赞歌：《埃阿斯变形记》（*Metamorphosis of Ajax*），这样命名是 "因为我将写到 A Jakes"①；更有甚者，同一年，哈林顿的匿名答辩：《尤利西斯上埃阿斯》 （*Ulysses Upon Ajax*)②，与其政治杂谈一同包含在 1814 年的重印本中，乔伊斯也许知道这本书。果真如此，那么《尤利西斯》第四章的结尾就见证了尤利西斯造访埃阿斯变形记；为了格蒂·麦克道维尔所谓的 "某种目的"③，甚至见证了尤利西斯上埃阿斯；如其所是，可以就此预见在《尤利西斯》第六章的结尾，布鲁姆善意的提醒却遭受约翰·亨利·门顿的冷遇，根据乔伊斯的写作纲要，门顿对应的就是埃阿斯。

[三] 读者陷阱（**Reader-traps**）

和许多激进的变革一样，等到显而易见的时候，变革

---

① A Jakes（茅房）与 Ajax（埃阿斯）谐音，且字形相似，抽水马桶的发明者哈林顿爵士所谓的 Metamorphosis of Ajax，是用来委婉地指称茅房。

② 这是肯纳的戏谑之辞。埃阿斯与厕所谐音相关。

③ 见《尤利西斯》第十三章。

早已经发生了。"塞壬"为庞德敲响了的警钟，但是，确定无疑地弄明白到底发生了什么，这就是前一章"流动的山岩"（Wandering Rocks）的一大难题，它的散文准则看上去客观得让人赞佩。

诵读祈祷文时，康米神父望见拉斯科菲（Rathcoffey）上空一簇羊毛似的云。他穿了薄短袜，脚踝处被克朗戈斯（Clongowes）田野间的残梗刺得痒痒的。傍晚，他在那儿走过，诵读祈祷文，听到不同年级的男孩游戏时的叫声，青春的叫声划破宁静的傍晚。他曾经是他们的校长：他的管理是温和的。（*Ulysses*，224/223）

在马拉海德（Malahide）路上走着的康米成了走过克朗戈斯田野间的残梗的康米，其中的特殊用语或节奏没有丝毫改变；直到这一章，我们才认识到，我们对标志外部（outer）与内部（inner）之间的那些小改变的依赖程度。把"马拉海德"和"克朗戈斯"仅仅当作书页上的名字，这样的读者不可能认识到，康米的思想活动此刻指向几英里外，直到"傍晚"与刚刚透露的认知信息相冲突，因为发生当下事件的实际时间刚过下午三点。

所发生的事件是，叙述者变得如此"客观"，以至于我们被剥夺了有用的信息。克莱夫·哈特先生是这一章技术性细节（mechanics）最亲近的学生，他总结如下：

> 但是，客观性是一个诡计，是一个深思熟虑的陷阱。叙述者不作臆断，不提供评论。严格说来，他讲述的大多数事件都是真的，与此同时，这里有很多被省略的谎言，叙述者没有提供必不可少的相互连接的信息，我们因此不得不自己来推断……读者持续地置身于作出错误臆断的危险之中。[1]

哈特先生在另一语境说道，"一个严厉且棘手的叙述者，他难以对付的个性是这一章最突出的特征"[2]：这是一个启蒙判断，既然"客观性"本该做的事情就是抹去叙述者的在场痕迹。这个"严厉且棘手的"存在者就是我们所谓的第二个叙述者；他是我们已经遇到的生动的叙述者的突变。

关于哈特先生的发现，参见他的文章，该文收录在哈特与海曼主编的《乔伊斯的〈尤利西斯〉》（1974）。

---

[1] Clive Hart & David Hayman eds., *James Joyce's Ulysses: Critical Essays*. Berkeley, Los Angeles and London：University of California Press，1974，p. 189.

[2] Clive Hart & David Hayman eds., *James Joyce's Ulysses: Critical Essays*，p. 186.

[四] 塞壬的音乐

"如果我们信任乔伊斯写作《尤利西斯》的纲要"，但是，这些被草拟的纲要——我们有两个版本——是用来帮助宣传员撰写鼓吹文章的；和提供真知灼见比起来，它们更适合提供广告语。在奥蒙德酒店附近的利菲河畔的漫步可以提供更多的帮助。在这个区域，店铺云集，还有二手货商店；当我们第一次瞥见这一章的布鲁姆时，他正在透过窗玻璃，窥望"瓦恩店里的古董"和"卡洛尔店里布满灰尘的破旧盘子"[*Ulysses*，258/256]；当我们在这一章最后一次看见布鲁姆时，他正在透过"莱昂内尔·马克古董销售店的窗玻璃"[*Ulysses*，290/289]，窥望烛台、美乐琴，以及埃米特的肖像画和他的遗言。这是都柏林的马尾藻海，没有分类的废弃物漂聚到一处：铜床架子、圣母像、土耳其水烟、壁炉围栏、脚凳、爱国版画，这些物品一度具有唤起情感的力量。

由此，表面看来，这一章的布景：音乐和词语的废弃物聚成一堆，有些物件布满了灰尘，所有的物件都杂乱无章，却让人印象深刻地被陈列出来。音乐的效果是一律的毫无新意：重低音和弦，并轻柔地弹出三重音型的节奏，出于此，酒吧间的钢琴师完全可以为任何歌曲伴奏。词语的效果也是一样的平淡无奇，由感伤的陈词滥调编结而成：音乐甜蜜的魅力、生活的感伤、逝去的爱国者的英勇，听着就像假珠宝，不再货真价实。

码头附近的橱窗

[五] *乔伊斯暗中破坏他的戏拟*

在詹姆斯·阿瑟顿（James S. Atherton）弥足珍贵的论说文（essay）① 的帮助下，我们能理解这一做法是怎样发挥作用的。阿瑟顿的文章认定，不仅作者模仿，而且被模仿的实际样本所产生的效果也被研究了。这些被模仿的

———————

① See "The Oxen of the Sun," in Hart & Hayman, ed., *James Joyce's Ulysses: Critical Essays*, 1974.

样本主要来自两部文集：圣茨伯里 1912 年出版的《英语散文节奏史》和皮拷克 1903 年出版的《英语散文：从曼德维尔到罗斯金》。麦考利这样写道[①]：

这个场所配得上这样的审判。它是威廉·鲁弗斯（William Rufus）建造的宏伟大厅（威斯敏斯特大厅），在这间大厅，回响着三十位国王就职典礼时的欢呼声，在这间大厅，见证了对培根的公正审判，以及对萨默斯（Somers）的公正赦免，在这间大厅，斯特拉福（Stratford）的雄辩一瞬间让满怀正当怨恨的胜利党派心生敬畏、心肠软化，在这间大厅里，查尔斯面对高等法院，气定神闲的勇气为他挽回一半的声誉。无论军事的，还是民事的盛况，都不缺乏。林荫大道两旁是近卫步兵团的士兵。大街上骑兵通行无阻……（《英语散文节奏史》）

这个选段包含圣茨伯里列出的一个最长的麦考莱句子；乔伊斯注意到它的用词习惯——显而易见的是重复出现的句法标志："大厅……"，"大厅……"，在它的帮助下，读者被引领浏览与它相对的一连串从句——就像我们将要看到的，乔伊斯精心结构他模仿去麦考莱化（unmacaulayesque）原

---

① 见圣茨伯里《英语散文节奏史》，第 371 页。

则的长句子。在他刻意模仿的开头几行，原作就被认出来了——

　　就其范围和进展而言，接下来的辩论可谓生命历程的缩影。无论场所，还是会议，都不乏威严。参与讨论者是国内最敏锐的，他们正在研讨的主题是最高尚的和最紧要的。霍恩产院巍峨的大厅从未瞩目如此有代表性，如此多变的集会，这幢建筑古旧的橡木从未听过这般百科全书式的语言。这是它布设的一个真正壮观的场景……［*Ulysses*，417/414］

——不过，和"无论军事的，还是民事的盛况，都不缺乏"比照起来，"无论场所，还是会议，都不乏威严"稍稍显得局促（盛况是可以举出例证的，近卫步兵团的士兵，骑兵；威严只是归因的，可以归因于格言警句或领带）。乔伊斯戏拟版本的中间部分与圣茨伯里确切分析的麦考莱方法出现系统性的偏离。麦考莱的视觉端量庄严的人群：

　　在座的，有围着女王的布伦瑞克（Brunswick）府邸的年轻女儿们。在座的，有仰慕地注视这世界上没有其他国家能够展现的景观的伟大君王和英联邦的使节们。在座的，有深情凝视超越对圣贤的一切模仿的场景的风华绝代的西凳斯（Siddons）。在座的，有罗马帝国的历史学家……

圣茨伯里的论断，比如"评论起来太显而易见了"，
"枢纽，或者毋宁说是跳板，也就是重复出现'在座的'的
作用"，对此，乔伊斯做出相应的规避：

克罗瑟斯，一身光鲜的高地人装束，坐在桌子的末
端，加洛韦（Galloway）岬角含盐的空气使他容光焕发。
在座的，还有位于他对面的林奇，脸上留下早熟的堕落和
早慧的印记。挨着苏格兰人的是安排给怪人科斯特洛的座
位，旁边坐着的是不动声色矮胖的马登……（*Ulysses*，
417/414）

没有让"在座的"重复出现来戳动演说家的手指，以
此引领我们浏览乔伊斯式的名单。显而易见，麦考莱抓住
每一次机会使他的句法系统化而重复运用"在座的"；他的
段落冗长的中间部分的"在座的"，所起的作用就像"在这
间大厅"在他的一个长句子中所起的作用，为了使读者确
信，富丽堂皇的景观是被简单的谓项重复控制的。正相反，
乔伊斯一次也没有重复这一结构，除了在段落的结尾，他
的长句子不是复述，而是脊背下凹的（swaybacked）奇迹，
在越来越沉重的负荷下持续地蹒跚行进：斯蒂芬、莱内翰、

布鲁姆，还有肉感的摩莉：

最后，桌子的首位坐着年轻的诗人，他逃离了教学的劳作和形而上学的盘问，在苏格拉底式讨论的友好气氛中找到了避难所，而他右手和左手的座位分别提供给刚从赛马场过来的巧言令色的预言者和被旅途与争斗的灰尘弄脏并被洗刷不掉的耻辱的泥沼玷污的警惕的漂泊者，但没有诱惑、危险、屈辱能从他那坚定不移和始终如一的心那里抹去那位肉感美人的形象，那是拉斐特（Lafayette）似有神助的铅笔描绘下来的经久流传的画作。［*Ulysses*，417－18/414－15］

除了有力的认知，麦考莱的句法特质在乔伊斯这段文字中几乎没有留下痕迹；考虑到圣茨伯里的批评观点和乔伊斯的模仿技巧，对原文这般不忠实，很难说不是故意的。

注意，模仿狄更斯的段落看上去也不像狄更斯的原文。阿瑟顿先生指出，"乔伊斯在点逗上的严苛使他很难模仿狄更斯，狄更斯造句如此严重地依赖分号和破折号，这些标点是乔伊斯郑重放弃的"。但是，没有什么能阻止乔伊斯在相关的段落里点缀分号和破折号，只要他愿意。

[六]《奥德赛》中的神话

在 1976 年出版的《埃兹拉·庞德诗章的形成》（*The Genesis of Ezra Pound's Cantos*）一书中，作者罗纳德·布什（Ronald Bush）提醒我们，临近十九世纪末叶，考古学家发现的荷马，替代了维多利亚时代具有高贵精神的荷马，但考古学的荷马绝非要夺占能够走近荷马的各种可能性场域。尤其是剑桥人类学家——弗雷泽、简·哈里森、泰勒——为《伊利亚特》和《奥德赛》的根基不是历史而是神话这个观念赋予了新意义。就像他们表述的那样，"神话"不再意指一个快乐的故事，或试图解释四季变化的缘由；它意指土著的宗教仪式，既是抚慰的，又是血腥的。

乔伊斯对宗教的起源有兴趣——看看他对维科的沉迷就知道了——而且有迹象表明，他读过简·哈里森的《忒弥斯》（*Themis*）。但是，乔伊斯发现考古学家的荷马对他的《尤利西斯》是实用的，在他的这部书中，城市的方砖、流通的货币、破碎的碗碟，这些林林总总的细节契合了荷马考古学中最主要的物证。逝去的罗曼司，尤其逝去的仪式的罗曼司，几乎不能触动乔伊斯：礼拜仪式上念诵的拉丁文，在当下，声音还很洪亮："*信奉唯一的神圣罗马天主教和使徒教会：就像他自己罕见的思想，仪式和教义的发展与变化是缓慢的，星辰一样神秘的过程。*"［*Ulysses*，20 -

21/27]

关于《忒弥斯》的论点——我引用布什先生的实用性概括——即"雅典人的风俗根源于生殖崇拜，无论肇始于历史或传奇人物与否，古希腊的英雄们变得重要，只是因为他们被当作守护生殖的神祇。根据《忒弥斯》，仪式和神话是对守护生殖且'盛衰交替的'诸神，'从摇篮到坟墓，再回到生命和婚姻'的循环往复的再创造"。简·哈里森写道，荷马的两部史诗没有反映那一循环，因为它们是"后来者"："荷马标志一个阶段，集体思想和神秘仪式在当时如果没有废弃，那至少也濒临消亡了。"①

在《诗章》的第一卷中，庞德把我们推回到往昔，那是吟唱的节奏形态和仪式性地洒血滋养群鬼的时代，但是，如果乔伊斯读过《忒弥斯》，当神秘仪式（不是指那些曾经影响巨大的词语，如"这一杯就是我的血"）已经废弃，或濒临消亡的时候，他会因为在该书中受到鼓舞而去让他的尤利西斯出现在此地、此时。布鲁姆是生殖之牛的谋杀者、手淫者，以及体外射精的实践者（"他一定在哪里自己搞了而且前一回他在我的屁股上搞"［*Ulysses*，740/661］，摩莉回忆道），如果我们把他看作偶尔守护生殖的神祇，那只能借助再生的力量认为，在此地、此时，他是纯粹的尤

---

① Jane Harrison, *Themis*, Cambridge University Press, 1912, p. 335.

利西斯，"警惕地"走在路面被铺砌和被标定的大街上。

[七] *荷马的翻译者*

在《〈尤利西斯〉的主题》（第 2 版，1964 年，276 页，注释 6）一书中，W. B. 斯坦福教授记述了斯坦尼斯劳斯·乔伊斯对他的疑问所作的回答；斯坦尼斯劳斯记得，乔伊斯只使用了两个《奥德赛》的英译本，分别是柯珀和巴特勒翻译的（巴特勒译本是 1900 年出版的，当《尤利西斯》被构想的时候，这是乔伊斯能够读到的最新版本）。斯坦尼斯劳斯可以翻检他兄长工作用书的自由必须被限定在 1914 年一战爆发前，因为战争开始不久，他就被拘押了，乔伊斯随后去了苏黎世。因此，斯坦尼斯劳斯的证词主要和乔伊斯写作《尤利西斯》的初始阶段相关，这看上去似乎是可能的。弗兰克·勃金在回忆中宣称，乔伊斯使用的《奥德赛》英译本是布彻（Butcher）和朗（Lang）翻译的。那是几年以后的事了，当时乔伊斯正在研究维多利亚时代的荷马词汇，为了在《尤利西斯》第十二章"库克洛普斯"中对它进行戏拟：

看哪，正当他们畅饮欢乐之杯时，神样的使者，一位灿烂如天空之眼的秀美青年，疾速进来了，走在他身后的是步态和仪容尽显高贵的长者，手执律法圣卷，和他一同进来的是他的贵妇夫人，出身于无可比拟的家族，有着天下无双的美貌。[*Ulysses*，298/297]

紧接着，上面这一段文字立刻被重新翻译成通俗语言：

小奥尔夫·伯根偻地从门口踅进来，躲到巴尼酒馆雅间的尽头，笑得直不起腰来……我不知道发生了啥事儿，奥尔夫不停地朝门外比比划划。天哪，我当是啥事儿呢，原来只是那个该死的傻老头丹尼斯·布林，趿拉着洗澡穿的拖鞋，腋下夹着两大本该死的书，他身后紧跟着他的老婆，一个不幸的倒霉女人，像卷毛狗一样迈着碎步。[*Ulysses*，298－299/297]

当（很少）乔伊斯需要以文体的手段来表明荷马的在场，布彻和朗翻译《奥德赛》的文体是唯一实用的。

[八] *隐形风格(Invisible Style)*

环境风格的隐形——贡布里希《艺术与错觉》中的

"图式"（"schema"）——既解释了赝品是怎样可能的，又解释了它们是怎样被查验的。博物馆把 X 射线和化学物质应用于可疑的藏品，不过，是什么让博物馆的负责人产生了怀疑？大都会博物馆的一尊"伊特鲁里亚"雕像，原来出自维多利亚时代，定论不久，我从一位博物馆馆长那里得知相关的解释。

在那尊雕像中，造假者并入了两种风格，一种是不经意的。造假者深思熟虑的技巧参与复制他知道的每一种伊特鲁里亚的独特风格。同时，他十九世纪的趣味和手指正在留下印记，这在复制品离开他的工作室的当天是隐形的。只有伊特鲁里亚风格可以被看见，因为和其他任何时间一样，当时的鉴赏力没有觉知自己时代标志的方法。但是，人们的眼力慢慢地开始变化了，有一天，没有什么比维多利亚时代的雕塑图式更显而易见了，伊特鲁里亚雕塑点染了这一图式的风格，看上去就是两种风格被有意为之地叠加到一起。

随之偶然发生的就是，戏拟和刻意模仿必须经受持续的转变；十九世纪末对华兹华斯的各种戏拟，今天听着就没有维多利亚时代晚期的谐趣诗（light verse）更具有华兹华斯风，同样，早于《尤利西斯》其他部分，第十二章"太阳神之牛"听着就像大约 1920 年书写的文稿。

［九］叙述即时经验（*In medias res*）

布鲁姆先生津津有味地吃着畜类和家禽的内脏。他喜欢浓稠的杂碎汤、坚果味儿的鸡胗、填料烤炙的心、油炸裹着面包屑的肝片、油炸鳕鱼籽。他最喜欢的是烤羊腰，给他的味觉带来一股舒心的淡淡的尿骚味儿。［*Ulysses*，54‐55/57］

在这属于布鲁姆的段落的开篇，我们意外地遇到时间的跳转，显然又返回到上午 8 点。在那种情况下，既然他当时并没有在吃东西，"吃"必然是一个反复（frequentative）动词，指涉他特征化的吃。

虽然如此，当我们对这部书作第二次寻览的时候，我们可以自由地记起"塞壬"一章中的吃食，并把这一段的动词看作叙述那一吃食的过去时态指示语。如果是这样，时间就在这里向前做了简短的折叠，而不是向后，以此引入男主角就如同固有的叙述即时经验。

在布鲁姆所享受的"淡淡的尿骚味儿"中，只有乔伊斯和我们自己能够注意到重复：斯蒂芬在独白中说，"活着的我呼吸死的气息，踩着死的尘埃，吞食取自一切死物带着一股尿骚味儿的内脏"［*Ulysses*，50/55］。这两处的内容相隔差不多一页的篇幅，前者的叙述时间较后者却提前了几个小时。

[十] *停走的表*

如果一种文体能够创造一个与表的复杂性相关的事件，那么它同样可能创造一个物理客体吗？因为有一个疑惑关系到布鲁姆的表，在四点半的时候，它就这样戏剧性地停走了（停走的时间刚好是当他，她？［*Ulysses*，370/367］。可能就是这样。）一整天，在这部时间意识明确的长篇小说中，男主人公对时间的知觉依靠的是教堂的钟声、公共钟表，除了早先瞥一眼所谓的"他的表"，你本可以说一块表是他没有携带的一个物件。那匆匆一瞥也不是确定无疑的。它发生在他刚进到大卫·伯恩酒馆之后："我现在要吃点啥呢？他取出他的表。现在让我想一想。掺姜啤的啤酒？"［*Ulysses*，171/171］。包打听弗林立即向他打招呼，随后对大卫·伯恩说："如果你让他酒水，他做的第一件事就是掏出表看看他应当喝点啥。"［*Ulysses*，177/178］不过，尽管包打听弗林宣称是在描述新近发生的事件（"难道你刚才没看见他在看他的表吗？哦，你不在那儿"［*Ulysses*，178/177‑178］），但是他的描述有可能出现差错，因为当然不是他让布鲁姆点酒水,而且在罗森巴赫手稿中,布鲁姆也没看表。罗森巴赫手稿中的句子相当直白:"我要吃点啥呢。现在让我想一想。"

依照乔伊斯最初的构想,也就是当他写完"莱斯特律戈涅斯人"(Lestrygonians),并把它制成罗森巴赫副本的时候,在那一版本中叙述的这起事件,包打听弗林说的那句话到底指的是什么呢?嗨,是指他的所见,以及他借用酒吧常客精确的知觉所作的描述:当提到博伊兰的时候,布鲁姆看表,然后抿一口勃艮第葡萄酒,压制了四点钟关于博伊兰的思想活动。

——唉,我现在记起来了,包打听弗林一边把手伸进裤兜挠他的腹股沟,一边说,这是谁告诉我的?难道是布莱泽斯·博伊兰参与了这件事吗?

芥末的辛辣产生了强烈的刺激,啃啮着他的胸口。他抬起眼来,见到讨厌的钟对着他盯视。两点。酒馆的钟快了五分钟。时间在流逝。指针在移动。两点。还不到。

他的上腹部然后渴望着向上翻涌,又在他里面沉落下去,更加长久地渴望,渴望地渴望。

葡萄酒。

他一边闻着一边抿了一口使人兴奋的浆液,敦请他的喉咙急速吞咽下去,然后轻轻地放下了酒杯。

——是的，他说，实际上，他是组织者。

不用担心。没脑子。[*Ulysses*，172 - 173/172]

的确没脑子：这当然就是包打听向大卫·伯恩报告的事件，他所报告的就是他的所见，即布鲁姆先查看时间，然后喝酒，而他对一块没来由的表置之度外。

当布鲁姆决定点什么酒水时，早先的那起事件被《小评论》版（1919年1月）中出现的短语"他取出他的表"充实了。很可能就是：乔伊斯在准备《小评论》版"莱斯特律戈涅斯人"的时候，"瑙西卡"中停走的表已经出现在他的脑海里了，并且他在此处的文中安放一块表去为它提供根据。

无论这样与否，乔伊斯对布鲁姆那块表的兴趣一直是微弱的。乔伊斯不仅没有让布鲁姆再一次查看他的表，而且在"莱斯特律戈涅斯人"这一章结尾，间隔"他取出他的表"仅仅12页的篇幅，布鲁姆在兜里翻找时，也没有让他提及它。布鲁姆刚看到博伊兰，就即兴开始处理紧急事务：

我在翻找那个东西。是的，那个东西。在所有的兜里找一找。手帕。《自由人报》。我放哪儿啦？哦，是的。裤子。钱包。土豆。我放哪儿啦？……

他的手在翻找我放在哪儿的那个东西，在后屁股兜里找到了香皂，被温乎乎的纸粘住了，化妆水还得去取。哦，

香皂在那儿！……［*Ulysses*，183/183］

　　没有表。（然而，在"喀耳刻"一章中，又找了一遍——［*Ulysses*，437/430］——兜里就出现了一块表！）最后一章"伊塔卡"，布鲁姆在脱衣服过程中，表没有从他的兜里转移，更不用说给它上发条了。

　　尽管《尤利西斯》中的省略不是结论性的，但我们至少有正当理由去做实验性的推测：在"莱斯特律戈涅斯人"一章中，布鲁姆从兜里取出的表是由"瑙西卡"文体激发的逆构词（back-formation）；表被取出一次，被查看一次，几乎迅速（被作者）遗忘了。

　　顺便提一下：尽管在布鲁姆的独白中，紧接"我的表很奇怪"的是"手表总是走不准"［*Ulysses*，373/371］，但我们仍然不能下结论说，这块幽灵般的表就是一块手表（在1904年，手表是很稀罕的），因为格蒂看见他"在给表上发条，或鼓捣些什么"［*Ulysses*，361/359］；她也看见他把表"放回去"，而这样的用词不适合指称手表。

［十一］作为读者陷阱的罪的甜蜜

　　读者陷阱的设置者当然是第二个叙述者，"流动的山岩"是他开始独自管控的第一章。这第二个叙述者是一位靠不住的鉴赏家，他把布鲁姆安置在这一章的中心位置①，就在摊贩拱廊里的书摊前，布鲁姆黑色的身影停下来，他品评和租借《偷情的快乐》。这本书是为摩莉租借的，尽管他选择的标准是他自己狂喜的反应，同时这是向她讲述事情的一种方式：他热诚地满足摩莉的文学趣味，而且他知道他们都在掩饰博伊兰来家的真正缘由，就是打着"音乐的"幌子偷情。〔布鲁姆翻开《偷情的快乐》——维吉尔诗集抽翻占卜法（*SortesVirgilianiae*）——看到了句子"她丈夫给她的钞票都在商店里花掉了，买了令人叹为观止的礼服和昂贵的镶有褶边的裙子。为了他。为了拉乌尔！"〔*Ulysses*，236/235〕，并且布鲁姆想让摩莉知道，他理解这本书与她偷情之间的相似。布鲁姆此举产生了比莎士比亚更加确切的预言。他过去"不止一次为了解答一些难题"而去查看莎士比亚的著作，然而，得到的是"不完全的信服"。〕

就像任何一部色情作品，《偷情的快乐》表述了不止一处的读者陷阱。"流动的山岩"中，第一处读者陷阱是假定，布鲁姆唯独租借这本书是因为他发现它能撩拨情欲。"伊塔卡"中，第二处读者陷阱表述的内容，字面上闪烁其词，就像布鲁姆——摩莉的交流。她在床上提问，他回答；

---

① 《尤利西斯》第十章由十九个片段组成，叙述布鲁姆的片段是其中的第十个。

然后被问了一个叙述问题，"叙述者借助哪些改动回答这一询问?"［*Ulysses*，735/656］，给出的答案一分为二：他省略的内容，他加入的内容。加入的内容大多是被篡改过的，就像他去看《利亚》，或是和斯蒂芬在维恩餐馆用餐，我们在这些加入的内容中发现"一部无良的色情书《偷情的快乐》，作者匿名，是一位上流社会的绅士"［*Ulysses*，735/656］。我们被过剩的信息搞得麻木了，易于断定这本书不是他提及的。但是，不，它是加入的内容，即他所做的事情。既然他确实获得了这本书，那为什么它被列在他所叙述的"那些改动"的清单之中呢？它是继罗森巴赫手稿写成之后添加进清单的。我一度以为，或者是乔伊斯，或者是印刷工把它插入这一段中错误的一半。我现在不这样认为，既然那些确定无疑的改动清单中的另外一项是布鲁姆的"空中特技"——翻过铁栅栏跳进地下室前的空地——这也是他真实的作为。

陷阱是假定"改动"的意思就是对真实的更改。但是，显然它的意思是对教义问答形式的更改，例如布鲁姆主动提供摩莉不想询问的信息。她没有询问他没带钥匙是怎样进门的。她没有询问是否他给她租借了另一本书（和博伊兰偷情后，她对色情的欲念已经平息了），而他最后一刹那英勇的情感，是断定他拥有这本书，是断定她将会读它，是断定她将猜到他已经猜到了多少。这是包罗万象的《尤利西斯》所提供的最有勇气、最悲哀的细节之一。

［十二］一个被封存的行为

探访迪格纳姆家是这一天布鲁姆身体力行的善举。这个会带来麻烦的无私行为料想是让他感到了称心如意，由此，我们似乎被邀请去推测，他为什么把这件事如此彻底地封存在他的记忆里。有关这一行为，他所讲述的全部内容出现在"瑙西卡"的后半部分，时间是在发生这起事件的一个多小时以后："迪格纳姆家倒霉到了极点。居丧之家都这样愁眉不展，因为你永远不知道个中的实际状况。不管怎样，她需要钱。照我应许的，必须去找找那些苏格兰寡妇（人寿保险公司）……"［*Ulysses*，380/378］居丧之家愁眉不展，这似乎不足以解释相关的信息锁闭得如此彻底，以至于这个话题再也没有公开浮现。事实似乎是：布鲁姆以为，他们这是把他当作形象固化的犹太人来使用，如同一个理想的技师，当某人的目的是欺诈放债人，他手头上总会有可以应对的专门技术（迪格纳姆已经质押了他的保险，但是，既然承保方——人寿保险协会——并不知情，那么承保方就可能被引导去赔偿迪格纳姆的遗孀，而不是赔偿借钱给迪格纳姆的人）。这项善举将会带来麻烦，不管个中的理由多么仁慈。参与此事的人们当中，不是憎恨布鲁姆的人，而是温和的马丁·坎宁安想到要比照"老夏洛克"［*Ulysses*，313/311］去动用布鲁姆那些被公认的技能；尽管有些不尴不尬，面对的却是善意，这样就不可能逃避人们委派给你的角色了。

致　谢

在这本译著行将付梓之际，特别感谢我的单位陕西师范大学的出版资助，以及东方出版中心对本书的认可和出版。由衷感谢潘灵剑老师和版权编辑沈旖婷老师为本书付出的时间和精力。

本书在翻译过程中，针对文中的句法结构分别向仲晶瑶老师、刘金华老师、胡秋冉老师和王小姣博士咨询了意见，一并致谢。

最后，特别向敬爱的爱德华·伯恩斯（Edward Burns）教授、罗伯特·肯纳（Robert Kenner）先生和苏仲乐老师致谢。

肯纳于 2003 年离开了我们，今年，他 100 岁了。我要引用但丁讲给维吉尔的句子对他说："你是我的老师，我的权威作家。"

吕国庆

2023 年 4 月 19 日于西安郭杜镇

图书在版编目（CIP）数据

乔伊斯的声音 /（美）休·肯纳著; 吕国庆译. 一
上海: 东方出版中心，2023.7
ISBN 978-7-5473-2212-3

Ⅰ.①乔… Ⅱ.①休… ②吕… Ⅲ.①《尤利西斯》
—小说研究 Ⅳ.①I561.074

中国国家版本馆 CIP 数据核字(2023)第 107751 号

乔伊斯的声音

著　　者	［美］休·肯纳著　吕国庆译
责任编辑	潘灵剑
装帧设计	房惠平

出版发行　东方出版中心有限公司
地　　址　上海市仙霞路 345 号
邮政编码　200336
电　　话　021-62417400
印 刷 者　上海盛通时代印刷有限公司

开　　本　890mm×1240mm　1/32
印　　张　5.75
字　　数　93 千字
版　　次　2023 年 7 月第 1 版
印　　次　2023 年 7 月第 1 次印刷
定　　价　50.00 元